어느 평범한 사람의 일기

어느 평범한 사람의 일기The Diary of a Nobody

초판 1쇄 인쇄 2016년 07월 15일
초판 1쇄 발행 2016년 07월 25일

지은이 조지 그로스미스
옮긴이 이창호
펴낸곳 B612북스
펴낸이 권기남

주소 경기 고양시 일산동구 일산로30, 1322호
전화 031) 912-4607
팩스 031) 912-4608
E-mail b612books@naver.com
홈페이지 blog.naver.com/b612books
출판등록일 2012년 3월 30일(제2012-000069호.)
ISBN 978-89-98427-07-8 03840

ⓒ B612북스,2016,Printed in Seoul, Korea

THE DIARY OF A NOBODY

조지 그로스미스 글   위돈 그로스미스 삽화   이창호 옮김

어느 ⌃ 사람의 일기
평범한

B612 북스

차례

들어가는 말

《어느 평범한 사람의 일기The Diary Of A Nobody》는 그로스미스 형제(조지, 위돈)가 쓴 영국의 희극 소설(동생 위돈 그로스미스가 삽화를 그렸다)로 런던의 서기 찰스 푸터, 아내 캐리, 아들 루핀, 그리고 다양한 친구들의 일상을 15개월 동안 기록한 일기형식의 글이다. 이 소설은 처음에 주간 잡지 펀치(1888년~1889년)에 간헐적으로 연재되기 시작했고, 1892년에 삽화를 추가하고 내용을 보충해 책의 형태로 처음 출간되었다.

출간 초기의 부진

1892년 6월 J. W. 애로스미스 출판사는 《어느 평범한 사람의 일기》를 책으로 출간하지만 1910년 10월 제3판이 나올 때까지 평론가와 일반 대중에게 주목을 받지 못한다. 하지만 1차 세계 대전이 끝난 후 책의 인기는 꾸준히 상승하고, 재판과 신판을 거듭하며 지금까지 한 번도 절판된 적이 없다. 소설가 로버트 맥크롬은 옵저버 신문에 실린 '역대 가장 훌륭한 소설 100권'에 《어느 평범한 사람의 일기》를 35번째로 올려놓는다.

높아지는 작품의 명성

1910년부터 《어느 평범한 사람의 일기》는 런던의 문학계와 정계에서도 명성을 얻기 시작한다. 문인이자 유머작가인 힐레어 벨록은 그 해 초 발표한 〈책 속의 인물〉이란 짧은 글에서 《어느 평범한 사람의 일기》를 '우리 시대에 몇 안 되는 불멸의 업적 중 하나'라고 훌륭하게 일컫는다. 이 책의 진가를 알아본 사람들 중 전 영국 수상 로드 로즈베리는 '나는 이 책을 사서 많은 사람에게 무료로 나눠주었고… 내가 사용하는 침대 머리맡에 이 책이 없는 곳이 없다'라고 애로스미스 출판사에 전하기도 한다. 《어느 평범한 사람의 일기》에 찬사를 보낸 또 한 사람은 수필가 겸 1910년에 아일랜드 관방장관 직을 지낸 정치인 오거스틴 비렐이다. 비렐은 《어느 평범한 사람의 일기》의 주인공 찰스 푸터를 돈키호테에 버금가는 희극 인물로 평가한다. 그는 책 속의 인물 '교양 없는 파출부'가 자신의 이름과 같아 자랑스럽다는 말도 덧붙인다.

소설가 에벌리 워는 어린 시절부터 《어느 평범한 사람의 일기》를 잘 알고 있었다. 처음엔 이 책을 업신여기던 그도 차츰 이 책에 감탄하게 되고, 심지어 1930년 그의 에세이 〈불멸로 가는 한 가지

길〉에서 '이 책이 세상에서 가장 재미있다'고 밝힌다. 그는 또 이렇게 덧붙인다. '아무도 타인의 삶, 종교, 정치에 대한 생각을 읽어보고 싶어 하지 않지만, 제대로 기록만 되었다면 그들의 일상을 읽는 것은 언제나 흥미롭다. 그리고 시간이 지남에 따라 상황이 바뀔 테니 더욱 흥미로울 것이다.'

에벌리 워가 《어느 평범한 사람의 일기》를 좋아하게 될 때쯤 또 다른 작가 J. B. 프리스틀리는 이 책이 영국 유머의 전형이라고 극찬하고, 제롬 K. 제롬도 이 책만큼 좋은 작품을 쓰지 못했다고 단언하며 이렇게 말한다. '단순하고, 어수룩하고, 따뜻한 마음을 가진 불쌍한 푸터 씨는 단지 웃음의 대상이 아니라 우리에게 소중하면서도 청렴하고 사랑스러운 바보로 남아 있다.' 조지 오웰은 1943년에 쓴 에세이에서 《어느 평범한 사람의 일기》를 1880년대 영국의 삶을 정확하게 기술한 책으로 평가한다. 조지 오웰은 또 푸터를 돈키호테와 비교하면서 그를 돈키호테가 감상에 빠진 모습이라고 했고, 그를 '자신의 바보 같은 행동으로 인해 자신에게 닥치는 재앙에 끝임 없이 고통 받는 인물'로 보았다.

2차 세계 대전이 끝나고 수년이 지난 뒤에도 이 책에 대한 평가는 여전히 대단하다. 오스버드랭커스터는 이 책을 '대단한 예술작품'이며 차세대 작가와 사회 역사가들도 여전히 이 책에 열광한다고 평한다. 질리언 틴돌은 1970년 《어느 평범한 사람의 일기》는 영어로 쓴 최고의 희극 소설이라고 극찬하며 푸터를 '그 시대를 대변하는 그늘'이라고 칭찬한다. 이런 칭찬은 A. N. 윌슨에 의해 다음 세대로 이어진다. A. N. 윌슨은 〈빅토리아 시대 연구〉에서 《어느 평범한 사람의 일기》를 이렇게 찬양한다. '오스카 와일드와 오브리 비어즐리가 찰스 푸터와 캐리보다 1890대를 잘 대변한다고 누가 말할 수 있겠는가?'

새로운 작품의 탄생

모턴이 이 작품을 '많은 씨앗을 싹틔운 비옥한 토지'로 평가하듯이, 지난 세기 동안 이 허구 일기 소설은 희극적인 표현의 수단으로 수용되고 발전해 왔다. 1925년 아니타 루스의 소설 《신사는 금발을 좋아해 : 전문 여성의 빛나는 일기》가 그 초기 사례이다. 이 일기 장르는 20세기 말에 큰 인기를 얻는다. 1978년에서 1981년 사이에 크리스토퍼 매튜는 독신으로 이 시대의 멋쟁이가 되고자 하는 '시몬 크리스'의 일상을 3권의 일기로 발간한다. 그 첫 권의 제목은 《어엿한 사람의 일기》인데 그로스미스의 원작을 참조한 것이다. 이 책을 논평한 스펙테이터 지의 베니 그린은 책은 흥미롭지만 그로스미스의 책이 더 우수하다며 이렇게 말한다. '그로스미스의 원작은 웃기기도 하면서 연민을 유발하지만 매튜의 모방작에는 그런 것이 없다.' 1982년에는 수 타운센드의 십대 창작소설 《아드리안 몰》이 첫 선을 보인다. 이 소설은 청년기와 중년기로 접어드는 아드리안 몰의 생활을 긴 일련의 일기로 서술하고 있다. 모턴은 이 소설 속 아드리안 몰의 모습이 중년으로 넘어가면서 푸터와 더욱 닮았다고 말한다.

1983년 워터하우스의 《푸터 씨의 일기》는 그로스미스의 원작을 각색한 소설인데 주 화자가 푸터 씨가 아니라 아내 캐리로 바뀌어 있다. 1996년 헬런 필딩은 한 여자 가수의 일상적인 삶을 기록한 《브리짓 존슨의 일기》를 가상의 일기 형식으로 만든다. 헬런 필딩의 일기 소설은 인디펜던트 지의 주간 칼럼으로 시작해서 나중에 책으로 발간되는데, 40개국에서 1천 5백만 부 이상 판매된다.

2009년 주석 판 《어느 평범한 사람의 일기》를 출간한 문학연구가 피터 모턴는 이 소설에 소개된 많은 사건이 이 형제들의 실제 가정생활을 소재로 했으며, 완벽주의자인 형 조지와 비교되는 밥벌레 같은 처지의 위돈이 루핀의 모델이었다고 주장한다.

푸터 씨의 서문

왜 내 일기를 출간하지 않는 거지? 이름조차 들어보지 못한
사람들의 회고록은 눈에 잘도 띄는데, 그리고 내 일기가 재미
없을 이유—내가 '유명 인사'가 아니기 때문에—도 없잖아. 내
유일한 회한은 젊었을 때 일기 쓰기를 시작하지 않은 것이다.

홀로웨이 브릭필드 테라스의 로렐 저택에서
찰스 푸터.

I

우리는 새 집에 둥지를 틀었다. 그리고 나는 일기를 쓰기로 마음 먹었다. 잡상인들과 '긁개 발판Scraper[1]'이 우리를 성가시게 한다. 부목사가 찾아와서 아낌없는 칭찬의 말을 해 주었다.

사랑스러운 아내 캐리와 내가 홀로웨이[2] 브릭필드 테라스 의 새집 '로럴' 저택으로 이사 온 지 일주일쯤 되었다. 앞쪽 에 아침을 먹는 응접실과 지하실을 빼고 여섯 개의 멋진 방 을 갖춘 집이다. 작은 앞뜰에는 정문까지 이르는 열 개의 계 단이 있는데, 어쨌든 우리는 그 정문을 쇠사슬로 잠가 뒀다. 커밍스, 고잉, 그리고 친한 친구들은 언제나 작은 옆문을 통 해 안으로 들어온다. 그 때문에 하녀 세라가 일손을 멈추고 정문까지 나가야 하는 수고를 더는 셈이다. 멋지고 작은 뒤

뜰은 아래쪽의 철길로 이어진다. 처음에 우리는 기차 소음을 약간 걱정했다. 하지만 집주인은 조금만 지나면 무덤덤해질 거라고 말하며 임대료 2파운드를 깎아 줬다. 집주인의 말이 맞았다. 정원 담장 아랫부분에 균열이 생기는 것을 빼고 소음 때문에 불편을 겪는 일은 없었다.

런던 중심가[3]에서 일이 끝나면 나는 집에 있기를 좋아한다. 집에 있지 않을 바에야 집이 왜 필요하겠는가! '오, 즐거운 나의 집이여!'가 내 좌우명이다. 밤에는 항상 집에 머문다. 오랜 친구 고잉은 특별한 일이 없어도 집에 들르고, 맞은편에 사는 커밍스도 마찬가지다. 그들이 방문하면 아내 캐롤라인과 나는 그들을 보는 것만으로도 즐겁다. 하지만 친구들 없이도 우리는 무사히 밤을 보낼 수 있다. 항상 무언가 해야 할 일이 있기 때문이다. 주석으로 도금한 압정을 박는다든가, 베니션 블라인드를 바르게 놓는다든가, 선풍기를 못에 건다든가, 일어선 양탄자에 못을 박아 고정하는 일을 한다. 나는 담뱃대를 물고도 이런 일들을 할 수 있다. 한편 아내 캐리는 셔츠에 단추를 달거나, 베갯잇을 수선하거나, (매우 큰 글씨로) 콜라드 가문의 대를 이어 (작은 글씨로) 빌크슨이 만들었다고 적힌, 새 꼬마 피아노(3년 할부로 산)로 '실비아 가보트'라는 곡을 연습한다. 우리의 아들 윌리가 올덤[4]의 은행에서 직장 생활을 잘하고 있다니 그것 또한 큰 위안이 된다. 그를 좀 더 자주 봐야겠다. 자, 이제 일기를 써

보도록 하자.

4월 3일. 잡상인들이 물건을 사라며 소리를 질러댔고, 나는 철물점 주인 파멀슨에게 못이나 연장이 필요하면 그를 찾겠다고 약속했다. 어쨌든 그로 인해 침실 열쇠가 없다는 것이 떠오르고, 초인종들도 손을 좀 봐야만 한다. 응접실 벨은 망가졌고, 현관 벨은 하녀의 침실에서 울린다. 정말 어처구니없는 일이다. 친구 고잉이 잠시 들렀지만, 페인트 냄새가 심하다며 금세 나가 버렸다.

| 고잉

4월 4일. 잡상인의 고함은 여전하다. 캐리가 외출하고 없어서, 나는 가게도 깨끗하고 예의도 바른 것 같은 오윈 씨와 거래를 트기로 했다. 그에게 내일 양고기 어깨 살 한 쪽

을 갖다 달라고 시험 삼아 주문을 넣었다. 캐리는 버터 장수 보르셋과 거래를 트고 주방에서 사용할 1파운드의 신선한 버터, 1.5파운드의 소금, 그리고 1실링의 달걀을 주문했다. 그날 저녁, 커밍스가 런던 중심가 경품 추첨에서 상품으로 받은 해포석 담배 파이프를 보여 주려고 예고도 없이 집에 들렀다. 그는 젖은 손으로 파이프를 만질 경우 색이 바랠 수도 있다며 나에게 조심해서 다루라고 말했다. 그는 페인트 냄새가 싫다며 오래 머물고 싶지 않다고 말했다. 그리고 나가면서 *긁개 발판*Scraper에 걸려 넘어졌다. 저걸 꼭 치워야겠다. 그렇지 않으면 내가 *저 꼴이 되고 말 테니까*Get Into A Scrape. 나는 농담을 그리 좋아하지 않는다.[5]

| 커밍스

4월 5일. 양고기 어깨 살 두 쪽이 도착했다. 나와 아무런 상의도 없이 캐리가 다른 정육업자에게 주문을 한 것이다. 고잉이 집으로 들어오다 긁개 발판에 걸려 넘어졌다. 무슨 수를 써서라도 저놈의 긁개 발판을 없애버려야겠다.

4월 6일. 아침에 먹은 달걀은 정말 충격적이었다. 칭찬의 말과 함께 보르셋에게 달걀을 돌려보냈다. 그에게 주문하는 일은 없을 것이다. 비가 억수같이 쏟아지는데, 우산이 보이지 않아서 우산 없이 집을 나섰다. 하녀 세라는 우산이 있던 자리에 주인 없는 '막대기'가 놓인 것으로 보아, 분명 지난밤 고잉이 실수로 가져갔을 거라고 말했다. 그날 저녁, 누군가 아래층 현관에서 세라에게 고함치는 소리를 듣고 그가 누구인지 확인하기 위해 밖으로 나갔다가 버터 장수 보르셋인 것을 알고 나는 깜짝 놀랐다. 그는 술에 취한 데다 공격적이기까지 했다. 보르셋은 나를 보자마자, 그럴 가치가 없다며, 두 번 다시 런던 중심가에서 일하는 사람을 고객으로 삼으면 자기가 교수형에 처해지겠다고 했다. 나는 감정을 억누르고 나지막이 런던 중심가에서 일하는 사람들도 '귀족'이 될 '가능성'이 있다고 말했다. 그러자 버터 장수는 마침 말을 잘 꺼냈다며, 자기는 그런 사람을 본 적이 없는데 그런 사람을 본 적이 있느냐고 나에게 물었다. 그가 나가면서 문을 쾅 하고 세게 닫아버려서 현관 위쪽의 작은 창이 거의 부서질 뻔했다. 그리고 그가 긁개 발판에 걸려 넘어지는 소리가 들렸는데, 그걸 치우지 않길 정말 잘한 것 같아 기뻤다. 버터 장수가 떠난 후 그에게 해줬어야 할 말이 떠올랐다. 하지만 다음을 기약하며 아껴두기로 했다.

4월 7일. 토요일이라 몇 가지 일을 마무리하며 집에 일찍 돌아갈 수 있기를 고대했다. 하지만 아파서 결근한 상사 두 명 때문에 일곱 시가 되어서야 집에 도착했다. 보르셋이 나를 기다리고 있었다. 그는 지난밤 일을 사과하려고 오늘 세 번이나 집에 들렀다. 지난 월요일에는 은행 공휴일이라 쉬지 못했고, 대신 어제저녁에 쉬었다고 그가 말했다. 그가 사과를 받아 달라고 애원하며 1파운드의 신선한 버터를 내밀었다. 결국 그는 괜찮은 사람인 것 같다. 그래서 나는 이번에는 꼭 신선해야 한다고 말하며 그에게 약간의 달걀을 주문했다. 안타깝게도 계단 카펫을 새로 구해야 할 것 같다. 지금 것은 오래되고 폭도 넓지 않아서 계단 양쪽의 페인트칠까지 닿지 않는다. 캐리가 페인트칠을 좀 더 했으면 좋겠다고 말했다. 나는 월요일에 그 색(진한 초콜릿색)이 우리와 맞는지 알아볼 생각이다.

4월 8일. 일요일. 예배를 마치고 부목사와 함께 집으로 돌아왔다. 캐리를 먼저 보내 특별한 일이 아니면 사용하지 않는 정문을 열게 했다. 하지만 그녀는 정문을 열지 못했고, 모든 수단을 동원하던 나도 결국 부목사(그나저나 부목사 이름이 생각나지 않는다)를 옆문으로 안내해야만 했다. 부목사의 발이 긁개 발판에 걸려 바지 단이 찢어졌다. 제일 짜증났던 것은, 일요일이라 캐리가 제대로 옷을 수선해 줄 수 없다는 것이었다. 점심을 먹고 잠시 눈을 붙였다. 정원을 둘러보다 갓과 물냉이의 어린잎, 그리고 무를 심기에 적당한 장소를 발견했다. 그날 저녁 걸어서 부목사와 함께 교회로 갔다. 부목사가 같은 옷을 수선해서 입고 있다는 사실을 캐리가 알아차렸다.[6] 부목사는 예배 시간에 헌금 접시 돌리는 일을 내게 부탁했다. 나는 그걸 엄청난 찬사라고 생각한다.

2

여전히 잡상인과 긁개 발판이 골칫거리다. 고잉의 페인트 냄새에 대한 불평은 이제 좀 지겹다. 내 생애 최고의 농담을 했다. 정원을 가꾸는 기쁨. 스틸 브룩 씨, 고잉, 커밍스와 약간의 오해가 있었다. 세라가 커밍스 앞에서 나를 바보로 만들었다.

4월 9일. 오늘 아침은 아주 꼴사납게 시작했다. 다시는 거래하지 않기로 한 정육점 주인이 찾아와서 엉뚱하게도 내게 불한당 같은 짓을 했다. 욕설로 시작한 그는, 나 같은 사람에게는 물건을 팔지 않겠다고 했다. 나는 "안 팔면 그만이지 왜 이렇게 난리를 치는 것이냐?"라고 아무렇지 않은 듯 얘기했다. 그러자 그가 동네가 떠나갈 듯 소리를 지르며

"체, 꺼져버려! 너 같은 '것들은' 열두 명이 달려들어도 처리할 수 있어."라고 말했다.

나는 문을 닫고 캐리에게 이 수치스러운 일이 모두 그녀 때문이라고 말했다. 그때 누군가가 현관에 걸린 판자가 떨어져 나갈 정도로 심하게 문을 걷어찼다. 좀 전의 그 불한당 같은 정육점 주인이었다. 그는 긁개 발판에 걸려 발이 찢어졌다며 즉각 소송을 걸겠다고 했다. 시내로 가는 길에 파멀슨 철물점에 들러 긁개 발판 제거와 벨 고치는 일을 맡겼다. 그런 하찮은 일로 집주인을 성가시게 할 필요는 없다고 생각했기 때문이다.

걱정스러운 마음을 안고 피곤에 지쳐 집으로 돌아왔다. 페인트 공이자 인테리어 업자인 푸틀리 씨가 우리 집 계단 색(인디언 카마인 색)과 똑같은 색의 페인트를 만들 수 없다는 카드를 보내왔다. 같은 색을 찾기 위해 반나절이나 물류 창고들을 돌아다녔다고 했다. 그는 계단 전체를 다른 색으로 칠할 것을 제안했다. 돈이 좀 더 들 뿐이지만, 색을 맞추지 못한 건 그가 일을 제대로 못한 것이다. 처음부터 일을 잘했더라면 그를 포함한 우리 모두가 만족했을 것을. 그의 제안에 동의는 했지만, 한편으론 미리 얘기해 줬으면 좋았을 걸 하는 생각도 들었다. 갓과 물냉이의 어린잎, 그리고 무를 약간 심고 아홉 시에 잠자리에 들었다.

4월 10일. 철물점 주인 파멀슨 씨가 직접 긁개 발판을 손 보겠다며 들렀다. 그는 무척 예의 바른 사람 같다. 보통 이런 사소한 일은 직접 처리하지 않는데, 나를 위해서 그렇게 하는 거라고 파멀슨 씨가 말했다. 그에게 감사의 말을 전하고 나는 시내로 나갔다. 젊은 직원이 지각한다는 건 얼마나 부끄러운 일인가. 나는 퍼굽 사장이 이 사실을 알게 되면 잘릴 수도 있다고 그들 세 명에게 말해 주었다.

입사한 지 6주밖에 안 된 열일곱 살 애송이 피트 녀석이 나에게 명령조로 "진정하세요."라고 말했다. 내가 그에게 런던에서 일한 지 20년 된 선임이라고 말하자 그가 건방지게도 "그래 보이시네요."라고 대답했다. 그를 매서운 눈초리로 쏘아보던 나는 "피트 씨, 존경심을 좀 보여 주시기를 요구합니다."라고 말했다. 그러자 그가 "좋아요, 계속 요구해 보세요."라고 대답했다. 나는 더는 그와 다투고 싶지 않았다. 여러분도 저런 인간과 상종해 봐야 좋을 게 없다는 걸 잘 아실 겁니다. 저녁에 고잉이 집에 들러서 페인트 냄새가 난다며 계속해서 투덜거렸다. 가끔씩 그는 같은 말을 반복해서 지겹게 느껴질 때가 있는 데다 사리 분별을 제대로 못할 때도 있다. 그래서 한 번은 캐리가 매우 적절한 방식으로 자기가 듣고 있다는 사실을 상기시키기도 했다.

4월 11일. 갓과 물냉이의 어린잎, 그리고 무가 아직 나오지 않았다. 오늘은 짜증나는 날이다. 여덟 시 45분 런던행 승합마차를 놓치고 말았다. 식료품점 배달 소년과 말다툼을 하다 그랬다. 이 꼬마 녀석은 무례하게도 두 번씩이나 현관 앞에 장바구니를 두고 가며 깨끗하게 청소한 문간의 계단을 그의 흙 묻은 신발로 엉망을 만들어 놓았다. 꼬마는 옆문을 15분 동안이나 손바닥으로 두드렸다고 했다. 세라가 위층 침실을 청소하느라 그 소리를 듣지 못한 것이다. 그래서 나는 소년에게 왜 벨을 울리지 않았느냐고 물었다. 그는 벨을 당겼는데 손잡이가 빠져 버렸다고 했다.

사무실에 30분 늦게 도착했다. 전에는 한 번도 이런 적이 없었다. 최근 직원들의 지각이 잦았던 터라 마침 퍼굽 사장이 바로 오늘 아침 직원들의 근태를 점검하려고 일찍 사무실에 나왔다. 다른 직원들은 정보를 미리 나누었다. 나만 유일하게 지각한 사람이 되고 말았다. 나의 든든한 친구, 선임 서기 버클링이 끼어들어 목숨은 구했다. 내가 애송이 피트의 책상 옆을 지나칠 때, 버클링이 "책임자가 지각한다는 건 정말 수치스러운 일이지!"라고 하며 옆자리 직원과 나누는 대화 소리를 들었다. 물론 나를 두고 한 말이었다. 나는 아무런 대꾸도 없이 버클링을 한번 바라보았다. 불행하게도 그런 나의 모습이 버클링과 그 옆자리 직원에게는 우스꽝스럽게 보였던 모양이다. 나중에야, 그의 말을 아예 못 들은 척했더라면 좀 더 품위 있어 보이지 않았을까 하는 생각이 들었다.

저녁에, 집에 들른 커밍스와 함께 도미노 게임을 했다.

  4월 12일. 갓과 물냉이의 어린잎, 그리고 무가 아직 나오
지 않았다. 파멀슨이 굵개 발판 수리하는 모습을 보며 집을
나왔는데, 돌아와 보니 세 명의 남자가 일하고 있었다. 그
에게 이유를 물었더니 구멍 하나를 뚫으려다 가스관을 건드
렸다고 했다. 그는 이런 곳에 가스관을 묻어 둔다는 건 정말
말이 안 되는 짓이고, 그렇게 한 사람은 가스관에 대해 일자
무식인 사람이 분명하다고 했다. 그의 변명이 비용을 지불
해야 하는 나를 위한 위로는 될 수 없다고 생각했다.
  저녁에 차를 마시고 나자 고잉이 잠깐 집에 들렀다. 우리
는 아침 식사를 하는 거실에서 담배를 같이 피웠다. 캐리도
나중에 자리를 함께했다. 하지만 그녀는 담배 냄새가 독하
다며 오래 머물지는 않았다. 고잉의 친구 슈마허가 미국에
서 가져다준 일명 '녹색 엽궐련'이었던 까닭에 내게도 담배
연기는 다소 지나쳤다. 담배가 녹색은 아니었지만 내 얼굴
은 틀림없이 그렇게 보였을 것이다.[7] 왜냐하면 담배를 반 조
금 넘게 피웠을 때 세라에게 물 한잔 부탁하려고 자리를 뜬
다는 변명을 할 수밖에 없었기 때문이다.
  신선한 공기가 필요했던 나는 정원을 서너 바퀴 돌았다.
다시 자리로 돌아왔을 때, 내가 담배를 피우고 있지 않다는
것을 알아차린 고잉이 또 내게 담배를 권했다. 나는 정중히

거절했다. 늘 그렇듯 고잉이 코를 킁킁거리기 시작했다. 나는 그가 무슨 말을 하려는지 짐작하고 "또 페인트 냄새가 난다고 투덜거릴 건가?"라고 말했다. 그러자 그가 "아니. 이번에는 아니야. 하지만 이건 말해야겠어. 분명 푸석푸석하게 *썩은 나무Dry Rot* 냄새가 나!"라고 말했다. 농담을 자주 하는 사람은 아니지만 나는 이렇게 대답했다. "자넨 정말 '*무미건조한Dry 헛소리Rot*'를 참 잘도 하는군." 나는 내가 한 농담에 터지는 웃음을 참을 수 없었다. 캐리도 너무 웃어서 옆구리가 아프다고 했다. 전에는 이렇게 재미있는 농담을 한 적이 없다. 그날 밤 나는 실제로 두 번이나 잠에서 깨어 침대가 흔들릴 정도로 웃었다.

4월 13일. 기막힌 우연이다. 캐리가 여자 한 명을 불러, 햇볕에 가구의 푸른색이 변하지 않도록 응접실 의자와 소파에 씌울 친츠⁸⁾ 덮개를 만들게 했다. 나는 그녀가, 몇 년 전 클래펌⁹⁾에 살던 늙은 이모를 위해 일했던 여자란 걸 알아차렸다. 세상 참 좁다.

4월 14일. 아침에는 상태 좋은 5펜스짜리 '정원 가꾸기' 책 한 권을 고르느라 가판대에서 시간을 보내고, 오후에는 내내 정원에 있었다. 따스하면서도 눈부신 *가장자리 화단Border*을 기대하며 반 내한성 일년생 화초를 구해 땅에 심었다. 농담거리가 생각나서 캐리를 불렀다. 캐리는 약간 짜증이 난듯했다. 나는 캐리에게 "방금 발견한 건데 우리 집에 세 들어 사는 사람이 있었나 봐."라고 말했다. 캐리가 "그게 무슨 말이에요?"라고 물었다. 나는 "여기 *세입자들Boarders*을 봐!"라고 말했다. 그러자 캐리가 "그런 농담이나 하려고 날 부른 거예요?"라고 말했다. 내가 "다른 때는 잘도 웃어 주더니……."라고 말했다. 캐리는 "물론 그렇죠. 하지만 집안일로 바쁠 때는 아니거든요."라고 말했다. 저 계단은 참 멋져 보인다. 고잉이 집에 들러 저 계단은 '괜찮아' 보이는데 계단 난간은 완전 '잘못' 되었다며, 난간에 페인트칠을 하라고 제안했다. 캐리도 대 찬성이었다. 페인트 공이자 인테리어 업자인 푸틀리 씨에게 갔는데, 안타깝게도 그는 외출하고 자리에 없었다. 난간을 손보지 않아도 될 좋은 핑곗거리가 생긴 셈이다. 어쨌거나 저 난간은 좀 웃긴다.

4월 15일. 일요일. 세 시에 커밍스와 고잉이 햄스테드[10]와 핀치리[11]로 산책을 가자며 친구 스틸브룩을 데리고 왔다. 스틸브룩을 제외하고, 우리 셋은 함께 걸으며 잡담을 했다. 스틸브룩은 땅만 응시한 채 지팡이로 풀을 쳐내며 항상 몇 미터 뒤에서 우리를 따라왔다.

다섯 시쯤 되어서 우리는 회의 시간을 가졌다. 고잉이 '*젖소와 울타리The Cow And Hedge*'로 가서 차를 마시자고 제안했다. 스틸브룩은 "소다 탄 브랜디가 좋아."라고 말했다. 나는 친구들에게 모든 선술집은 여섯 시면 문을 닫는다고 상기시켜 주었다. 스틸브룩이란 친구는 "괜찮아~, 진정한 여행자에게는."라고 말했다.

'젖소와 울타리'에 도착했다. 내가 입구로 들어서려고 하자 문을 지키던 남자가 "어디서 오는 길입니까?" 하고 물었다. 나는 "홀로웨이에서 왔습니다."라고 대답했다. 그러자 그 남자가 바로 팔을 올리며 내가 안으로 들어가지 못하게 막았다. 잠시 길을 돌아 나오던 나는 스틸브룩이 앞에 서고 커밍스와 고잉이 그 뒤에 바짝 붙어 술집 입구를 향해 걸어가는 모습을 보았다. 그들을 지켜보며 그들도 나처럼 좋은 웃음거리가 될 것으로 생각했다. 문지기가 "어디서 오는 길입니까?" 하고 친구들에게 묻는 소리가 들렸다. 그때 놀랍게도, 사실은 혐오스러웠지만, 스틸브룩은 "블랙히스에서 왔소."라고 대답했다. 문지기는 세 명의 친구를 바로 입장시켰다.[12]

고잉이 입구 건너편에서 나를 부르더니 "금방 나올 걸세."라고 말했다. 나는 거의 한 시간 동안이나 그들을 기다렸다. 그들은 아주 흥에 겨워서 나타났다. 나에게 사과하려고 애쓰는 사람은 스틸블룩밖에 없었다. 그는 나에게 "기다리느라 힘드셨죠. 소다 탄 브랜디 한 잔 더 하느라 그렇게 됐습니다." 나는 말없이 걸어서 집으로 돌아왔다. 친구들에게 말

을 걸 수가 없었다. 저녁 내내 기분이 칙칙했지만, 캐리에게
는 이 문제에 대해 말하지 않는 편이 낫겠다고 생각했다.

| 뒤처진 스틸브룩. 언덕을 오르며

| 언덕을 내려오며

| '젖소와 울타리' 근처

4월 16일. 회사 일을 마치고 정원 가꾸는 일을 시작했다. 날이 저문 뒤, 나는 커밍스와 고잉(이상하게도 오늘은 둘 다 집에 들르지 않았다. 어쩌면 어제 한 짓이 부끄러워서인지도 모르겠다)에게 어제 '젖소와 울타리'에서 있었던 일에 대해 편지를 썼다. 잠시 후 나는 '아직'은 쓰지 않기로 마음먹었다.

4월 17일. 지난 일요일 사건에 대해 스틸브룩을 조심하라는 경고를 담아 고잉과 커밍스에게 정성 어린 메모를 쓸 생각이었다. 나중에 그 일에 대해 다시 생각해 보고는 편지를 찢어 버렸다. 그 대신 그들을 직접 만나 조용히 말로 하기로 마음먹었다. 그런데 커밍스로부터 신랄한 편지를 받고 말문이 막혀버렸다. 편지에는 지난 일요일 집으로 돌아오면서 그와 고잉에게 보인 나의(잘 보세요. '나의'입니다) 기이한 행동에 대해 그들이 해명을 기다리고 있다는 내용이었다. 결국 나는 '억울한 데다 피해를 본 쪽은 나라고 생각하네. 하지만 나는 자네들을 너그럽게 용서하겠네. 그러니 자네들도(자네들도 억울하다고 생각하니까) 나를 용서하게'라고 편지를 썼다. 지금껏 내가 쓴 글 중에 가장 완벽한 데다 배려가 가득한 문장이라고 생각한 나는 이것을 있는 그대로 일기장에 옮겨 적었다. 편지를 부쳤지만, 내 마음 깊은 곳에서는 모욕을 당하고도 정작 사과는 내가 하고 있다는 느낌이 들었다.

4월 18일. 감기 때문에 집 안에 있다. 사무실에서 온종일 재채기를 했다. 저녁에 참을 수 없을 정도로 감기가 심해져서 세라에게 키나한 위스키 한 병을 사 오라고 했다. 안락의자에 앉은 채로 잠에 곯아떨어졌다 일어났더니 몸이 부들부들 떨렸다. 누군가가 현관문을 시끄럽게 두드리는 소리를 듣고 흠칫 놀랐다. 캐리는 어쩔 줄 몰라 했다. 세라가 돌아오지 않아서 내가 문을 열었는데, 그냥 커밍스였다. 식료품점 배달 소년이 문 옆의 벨을 고장 낸 것이 생각났다. 커밍스가 내 손을 꼭 쥐더니 "방금 고잉을 만났네. 다 괜찮아. 그것에 대해 더는 얘기하지 말자고."라고 말했다. 친구들이 나의 사과에 감명을 받은 것이 분명했다.

거실에서 도미노 게임을 하던 중 커밍스가 "자네 와인이나 독주 한잔 하겠나? 내 사촌 멀튼이 와인 장사를 시작했는데, 끝내주는 위스키가 있어. 아주 훌륭한 4년 산 38실링짜리 위스키야. 몇 상자 갖다 놓으면 좋을 거야."라고 말했다. 나는 작지만 나의 지하 저장고도 술로 가득 찼다고 말했다. 끔찍하게도, 바로 그 순간 세라가 방으로 들어와서 더러운 신문지에 둘둘 말린 위스키 한 병을 탁자 위에 올려놓더니, "나리, 식료품점 주인이 이제 키나한 위스키는 나오지 않는대요. 하지만 이것도 2실링 6펜스에 품질이 아주 좋은 거래요. 그리고 병을 가져오면 2펜스를 돌려준 댔어요. 셰리주[13] 더 필요하세요? 식료품점에 아주 드라이한 맛의 1실링 3펜스짜리 셰리주도 몇 병 있더라고요."라고 말했다.

| 나리, 식료품점 주인이 이제 키나한 위스키는 나오지 않는대요. 하지만 이것도 2실링 6펜스에 품질이 아주 좋은 거래요

3

멀튼 씨와 나눈 사교계 담화. 서턴에 사는 제임스 부부가 나타났다. 탱크 극장에서의 비참한 저녁. 에나멜페인트 실험. 멋진 농담을 또 했다. 하지만 고잉과 커밍스은 필요 이상으로 기분이 상했다. 욕실을 붉은색으로 칠했는데, 예상치 못한 결과를 낳았다.

4월 19일. 커밍스가 와인 장사를 하는 사촌 멀튼과 함께 집을 방문했다. 고잉도 왔다. 멀튼은 이내 우리 집에 익숙해졌고, 캐리와 나도 금세 그에게 호감을 느꼈다. 우리는 그의 정서도 전적으로 받아들였다.

멀튼이 의자에 몸을 기대고 "저를 있는 그대로 봐주십시오."라고 말했다. 나는 "그렇게 하죠. 그리고 당신도 우리를 있는 그대로 봐주셔야 합니다. 우린 검소한 사람들이지 돈 많은 사람은 아닙니다."라고 대답했다.

그가 "예, 그렇게 보이십니다."라고 대답하자 고잉이 웃음을 터뜨렸다. 하지만 멀튼은 가장 신사다운 태도로 고잉에게 "자넨 내 말을 잘못 이해한 것 같군. 나는 매력적인 이 집 주인과 부인이 유행을 좇는 방탕한 사람들보다 훨씬 훌륭하고, 오후에 2펜스 반짜리 차를 마시기 위해 여기저기 쏘다니면서도 버는 것 이상의 사치를 부리는 그런 삶보다 단순하고 건전한 삶을 더 선호한다는 뜻으로 말한 걸세."라고 말했다.

멀튼의 재치 있는 말이 너무 기뻤던 나는 "멀튼 씨, 솔직히 그건 아닙니다. 우리가 사교계에 나가지 않는 건 그걸 좋아하지 않기 때문입니다. 여기저기 마차를 타고 돌아다닌다거나 흰 장갑에 흰 넥타이 등등, 그런 것에 돈을 쓸 가치를 느끼지 못 합니다."라는 말로 대화를 마무리 지었다.

멀튼이 '친구'에 관해 애기했다. "친구에 대한 저의 신조는 '몇 안 되지만 진실한 친구'입니다. 그리고 그 신조를 와인에도 적용하죠. '적지만 좋은 와인'." 고잉이 "그렇지. 가끔 '싸고 맛있는' 건 어때?"라고 말했다. 멀튼은 계속해서, 그는 당연히 나를 친구로 생각해서 자신의 '로큰바' 위스키 열두 병을 내놓는 것이며, 또 내가 고잉의 오랜 친구이기 때문에 구입 원가보다 훨씬 싼 36실링에 주는 것이라고 말했다.

자기 멋대로 주문장을 적은 그는 런던의 모든 극장에서 자기 이름이 통한다며 원하는 극장이 있으면 말만 하라고 했다.

4월 20일. 캐리가 서턴에 사는 그녀의 동창 애니 플러스(지금은 제임스 부인이다)와 그녀의 남편이 며칠간 집을 방문한다는 사실을 나에게 상기시키며, 그들을 극장에 데리고 가면 모양새가 좋을 거라고 했다. 그리고 멀튼에게 편지를 써서 이탈리안 오페라나 헤이마켓, 서보이, 라이시움 극장 중 하나에서 네 명의 입장권을 구해 줄 수 있는지 물어봐 달라고 했다. 나는 그런 효과를 기대하며 멀튼에게 편지를 보냈다.

4월 21일. 멀튼으로부터 답장을 받았다. 그는 그동안 무지하게 바빴다고 하며 지금은 이탈리안 오페라, 헤이마켓, 서보이, 라이시움 극장 중 어느 곳에서도 입장권을 구할 수 없다고 했다. 대신 그는 탱크 극장의 '*갈색 머리Brown Bushes*'가 런던에서 제일 잘 나간다며 위스키 청구서와 함께 네 장의 입장권을 동봉해 왔다.

4월 23일. 제임스 부부와 미트 티[14]를 같이 하고 우리는 곧바로 탱크 극장으로 갔다. 승합마차를 타고 킹 크로스로

간 다음 그곳에서 승합마차를 갈아타고 '에인절Angel' 빌딩으로 향했다. 제임스 씨는 내가 꽤 큰 비용을 들여 입장료를 지불했다며 마차 비용은 자신이 부담하겠다고 매번 고집을 부렸다.

우리가 극장에 도착했을 때, 재미있게도 바구니를 든 노파 한 명을 제외하고 모두가 극장 손님처럼 보였다. 나는 극장 입구로 걸어가 입장권을 제시했다. 남자가 표를 보더니 내 입장권을 들어 올리며 "윌로일리 씨, 이게 뭔지 아세요?"라고 누군가에게 소리쳤다. 윌로일리 씨가 다가와서 내 입장권을 면밀히 훑어보더니 "이 표 누가 준 겁니까?" 하고 물었다. 나는 조금 화가 나서 "당연히 멀튼 씨죠."라고 대답했다. 그가 "멀튼? 그게 누구죠?"라고 물었다. 나는 약간 날카로운 어조로 "당연히 알고 있어야 하지 않나요. 그 사람 이름만으로도 런던 극장가는 다 통한다는데."라고 대답했다. 그가 "아, 그런가요? 흠, 여기서는 통하지 않습니다. 이 입장권은 날짜도 안 찍혀 있고 이름도 스윈스테드라는 관리자 이름으로 발행되었네요. 그 사람은 이미 이곳을 떠났습니다."라고 말했다. 내가 그 신사와 불편한 대화를 나누는 사이 부인들을 데리고 위층으로 올라간 제임스 씨가 나를 불렀다. "빨리 오세요." 내가 그들을 따라 위층으로 올라갔을 때 매우 공손한 안내원이 "이쪽으로 오시죠. H석입니다."라고 말했다. 나는 제임스 씨에게 "아, 어떻게 들어오셨습니까?" 하고 물었다. 끔찍하게도 그는 "그야, 당연히 돈 내고 들어왔죠."라고 대답했다.

너무 창피했던 나는 연극이 어떻게 돌아가는지조차 신경 쓰지 못 했다. 하지만 더 창피한 운명이 나를 기다리고 있었다. 나는 좌석 바깥으로 몸을 기울이고 있었는데, 그때 내 나비넥타이—새로 특허를 받은 장식용 금속 단추에 고정된 작고 검은 나비 리본—가 바닥으로 떨어져 버렸다. 그것도 보지 못한 어떤 어설픈 남자는 아무것도 모른 채 그 매듭을 발로 밟고 한참을 있었다. 결국에는 그가 그걸 알아차리고 역겹다는 듯 나비넥타이를 집어 옆 좌석 아래로 휙 던져버렸다. 입장권과 넥타이 문제로 내 기분은 정말 비참했다. 서턴에서 온 제임스 씨는 아주 좋은 사람이었다. 그는 "걱정하지 마세요. 당신 턱수염이란 걸 아무도 알아차리지 못할 테니까요. 그게 턱수염을 기르는 유일한 장점 아니겠어요?"[15] 라고 말했다. 나는 그런 말을 들어본 적이 없다. 캐리는 언제나 내 턱수염을 자랑스러워했으니까.

나비넥타이가 없어진 것을 숨기려고 저녁 내내 턱을 아래로 내리고 있었더니 목덜미에 통증이 생겼다.

4월 24일. 나는 시골에서 온 제임스 부부를 극장으로 데려 갔던 일, 입장권이 잘못되어 그들이 좌석 비용을 지불해야 했던 일, 그리고 지루하기 짝이 없던 연극에 대한 생각으로 지난밤 한숨도 자지 못 했다. 그 쓸모없는 입장권을 준 와인 장수 멀튼에게 신랄한 풍자를 섞어 편지를 보냈다. '우리가 입장료를 지불해야 했기 때문에 최선을 다해 공연을 감상했습니다.' 이 문장이 좀 짧다고 생각한 나는 캐리에게 '*감상하다Appreciate*란 단어에 알파벳 'P'가 몇 개 들어가느냐고 물었다. 아내는 "하나요."라고 대답했다. 편지를 보낸 후 사전을 찾아보았다. P가 두 개였다. 심히 짜증이 났다.

캐리가 "다음 주 중 저녁에 제임스 부부를 '베지크' 게임에 초대하면 조금은 보상이 될 거예요."라고 현명한 말을 해 주어서 더는 제임스 부부에 대해 걱정하지 않기로 했다.

4월 25일. 자기 아내가 새로 나온 핑크 포드의 에나멜페인트로 멋지게 색칠을 했다는 브릭웰 씨의 말을 듣고 나도 그렇게 해 보기로 결심했다. 집으로 돌아오는 길에 붉은색 에나멜페인트 두 통을 샀다. 나는 서둘러 차를 마시고 정원으로 나가서 화분 몇 개를 칠했다. 캐리를 불렀더니 "당신은 항상 새로운 것에 흠뻑 빠지죠."라고 말했다. 하지만 그녀도 화분이 눈에 띄게 좋아 보인다는 사실을 인정하지 않을 수 없었다. 2층에 위치한 하녀의 침실로 올라가서 세면대, 수건걸이, 서랍장을 칠했다. 내 생각엔 전보다 훨씬 보기가 좋았지만, 취향에 무지한 하층민인지라 우리의 하녀 세라는 새로 칠한 것들을 보고도 기쁨을 표현하지 않았다. 그녀는 그냥 "예전만큼 보기 좋은 것 같네요."라고만 말했다.

┃ 하녀 침실로 올라가서 세면대를 칠했다

4월 26일. 붉은색 에나멜페인트(붉은색이 최고란 생각에)를 좀 더 사서 난로 옆 석탄 통과 표지가 거의 닳아 없어진 '셰익스피어 전집' 뒷부분을 칠했다.

4월 27일. 욕조를 붉은색으로 칠하고 그 결과에 만족했다. 캐리가 그렇지 않다고 해서 안타까운데, 사실 우리는 그것에 대해 거의 얘기를 나누지 못 했다. 캐리는 왜 미리 말하지 않았느냐고 하며, 여태껏 욕조를 붉게 칠했다는 말은 들어본 적이 없다고 했다. 나는 "그건 단지 취향의 문제 아니겠소."라고 대답했다.

다행히 이 주제에 대한 논쟁은 "들어가도 될까?"라고 하는 목소리 덕분에 중단되었다. 커밍스였다. 그는 "하녀가 문을 열어 주더니, 자기는 양말의 물기를 짜는 중이라며 나보고 먼저 들어가라고 하더군."라고 말했다. 그를 보고 기뻤던 나는 그에게 *더미Dummy* 휘스트 게임[16]을 하자고 제안했다. 그리고 유쾌한 목소리로 "자네가 *더미Dummy*[17]를 하면 되겠네."라고 말했다. 커밍스는 (내 생각엔 약간 성미가 비뚤어진 것 같았다) "늘 그렇게 재미있나."라고 대답했다. 그는 지금껏 그랬던 것처럼 '자전거 신문'을 주려고 들른 것이라고 말하며 오래 머물 수 없다고 했다.

그때 또 초인종이 울렸다. '너무 자주 오는 것에 대해 사과해야겠어. 하루쯤은 몰래 와야겠는걸'이라고 말하던 고잉이었다. 나는 "정말 묘한 생각이 떠올랐어."라고 말했다. 커밍스가 "늘 그렇듯 우스운 얘긴가?" 하고 물었다. 나는 "그래. 이번엔 자네들도 그렇게 생각할 거야. 자네 둘에 관한 얘기거든. *고잉Gowing*은 항상 오고, *커밍스Cummings*는 항상 가는 게 왠지 이상하지 않나?"라고 대답했다. 욕조 문제를 잊은 게 분명한 캐리가 발작하듯 웃음을 터뜨렸다. 나도 의자 밑에 금이 갈 정도로 몸을 웅크리고 웃었다. 내 생애 최고의 농담이라고 생각한다.

얼굴에 웃음기 하나 없이 쥐 죽은 듯 고요한 두 명의 친구 (커밍스와 고잉)를 보고 제가 얼마나 놀랐을지 상상해 보세요. 잠시 어색한 정적이 흐른 뒤 커밍스가 담배 케이스를 열었다 다시 닫으며 "그래. 그러고 보니 난 정말 가봐야겠네. 재미있는 자네의 농담을 알아듣지 못 해서 미안하네."라고 말했다. 고잉은, 자기는 무례한 농담만 아니라면 괜찮지만, 사람 이름을 가지고 놀리는 건 분명 올바른 취향은 아니라고 말했다. 고잉의 말이 끝나기가 무섭게, 만약 다른 사람이 그런 농담을 했다면 다시는 이 집에 발을 들여놓지 않았을 거라고 커밍스가 말했다. 그 농담 때문에 즐거울 수 있었던 저녁이 그렇지 않게 끝났다. 하지만 파출부 아주머니가 식은 돼지고기 남은 것을 다 먹어 치워서 친구들이 그냥 돌아간 것은 정말 다행이었다.

4월 28일. 일주일쯤 전에 나에게 무례하게 굴었던 젊은 신입 직원 피트가 또 지각을 했다. 이런 일을 퍼굽 사장에게 보고하는 것이 내 의무라고 그에게 얘기해 주었다. 놀랍게도, 피트가 아주 겸손하고 신사다운 태도로 내게 사과를 하는 것이 아닌가. 그의 태도가 아주 좋아진 것을 보고 진정으로 기뻤던 나는 이번에는 눈 감아 주겠다고 했다. 한 시간 뒤 나는 그 방을 지나가다 대형 인쇄 종이를 돌돌 말아서 만든 공에 멋지게 얼굴을 한 방 얻어맞았다. 급히 몸을 돌렸지만, 모두가 얼굴을 파묻고 일에 열중하고 있었다. 내가 부자는 아니지만, 1파운드 금화 반쪽을 주고서라도 그것이 사고였는지 의도된 것이었는지 밝히고 싶었다. 일찍 집으로 돌아오며 이번엔 검은색 에나멜페인트를 좀 더 샀다. 저녁에 난로 망, 사진 액자, 오래된 부츠를 칠해서 새것처럼 만들었다. 고잉이 두고 간 산책용 지팡이도 칠했는데, 흑단[18]같았다.

4월 29일. 일요일. 심한 두통과 감기 증상을 느끼며 자리에서 일어났다. 심술궂은 아내 캐리는 내가 아픈 건 지난 며칠 동안 페인트 통에 코를 박고 있었던 결과, 즉 '칠장이의 급 경련 통'이라고 말했다. 그녀에게 내가 아픈 이유는 내가 제일 잘 안다고 분명하게 말해 주었다. 몸이 으스스했던 나는 참을 만한 뜨거운 물로 목욕을 하기로 했다. 준비된 목욕물은 너무 뜨거워서 참을 수가 없었다. 하지만 참고 들어갔더니 참을 만했다. 한동안 꼼짝도 않고 누워 있었다.

물 위로 손을 빼는 순간, 나는 지금껏 한 번도 느껴 보지 못한 극도의 두려움을 경험했다. 피투성이가 된 손을 보는 순간 내가 얼마나 두려웠을지 상상해 보시라. 처음에 떠오른 생각은 동맥이 파열되어 그 피가 빠져나와 죽어가고 있고, 마담 튀소 박물관에서 본적 있는 마라[19]처럼 나의 시체가 두 번째 마라가 되어 발견될 거란 것이었다. 다음에는 벨을 울려야겠다는 생각이 들었다. 하지만 울릴 벨이 없었다. 세 번째 떠오른 생각은 부글부글 끓는 물에 용해된 에나멜 페인트 말고 그곳에는 아무것도 없다는 것이었다. 나는 온몸이 붉게 물든 상태로 욕조 밖으로 나왔다. 그 모습은 이스트엔드 극장에서 봤던 붉은 인디언[20]과 꼭 닮아 있었다. 캐리에게는 말하지 않기로 했지만, 파멀슨에게는 월요일 집에 들러 욕조를 흰색으로 칠해 달라고 말해야겠다.

| 욕조에서 나는 마담 튀소 바물관의 마라처럼 보였다

4

시장 관저에서의 무도회.

4월 30일. 런던 시장과 그 부인으로부터 시장 관전에서 열리는 '통상 무역 대표단 모임'에 초대를 받고 우리 부부는 깜짝 놀랐다. 내 심장은 어린 학생처럼 두근거렸다. 캐리와 나는 초대장을 두세 번 반복해서 읽었다. 나는 아침도 제대로 먹지 못할 정도였다. 나는 (진심에서 우러나) "사랑하는 캐리, 결혼식에서 당신 손을 잡고 교회의 긴 복도를 걸어갈 때 나는 자랑스러운 남자였소. 그보다 더하지는 않지만, 아름다운 당신을 시장과 그 부인 앞으로 데려가는 것 또한 그때의 자부심에 견줄만하오."라고 말했다. 나는 캐리의 눈물을 보았다. 캐리는 "찰리, 당신을 자랑스러워해야 할 사람은 바로 나에요. 나는 당신이 정말 자랑스러워요. 당신은 나에게 예쁘다고 말해 주었고, 내가 당신 눈에 아름답게 보이는 한 나는 행복해요. 나의 소중한 찰리, 당신은 미남은 아니지만 좋은 사람이고, 그게 훨씬 더 고귀해요."라고 말했다. 그녀에게 키스를 해 주었다. 그녀는 "모임에서 춤을 추는지 궁금하네요? 당신과 춤을 춘지도 수년이 되었잖아요."라고 말했다.

무엇이 나를 그렇게 만들었는지는 모르겠지만, 어느새 나는 캐리의 허리를 꼭 안고 바보처럼 다소 거친 폴카 춤을 추고 있었다. 그때 하녀 세라가 들어와서 이 광경을 보더니 씩

| 세라가 안으로 들어왔을 때, 나는 캐리의 허리를 꼭 안고 바보처럼 다소 거친 폴카 춤을 추고 있었다

웃으며 "문 앞에서 어떤 남자가 좋은 석탄이 있는데 필요하지 않느냐고 묻네요?"라고 말했다. 나는 무척 짜증이 났다. 저녁에는 관저 초대장에 답장을 쓰고 다시 찢기를 반복했다. 우리가 부재중일 때 고잉이나 커밍스가 찾아올 경우를 대비해서 세라에게 해줄 말을 남겼다. 시장 관저 초대장에 어떻게 답변을 쓸지 퍼굽 사장에게 조언을 구해야겠다.

5월 1일. 캐리가 "어머니께 초대장을 보여 주고 싶어요."라고 말했다. 나는 바로 아내의 말에 찬성했다. 사무실로 출근한 나는 자부심에 가득 차서 퍼굽 사장에게 시장 관저로부터 초대장을 받았다고 말했다. 놀랍게도 그는 내 이름을 시장 비서에게 알려 줬다고 했다. 초대의 격이 다소 떨어진다고 느끼면서도 그에게 감사의 뜻을 표했다. 퍼굽 사장은 감사의 답례로 나에게 초대에 응하는 방법을 알려 주었다. 나는 답장이 너무 평범하다고 느꼈다. 하지만 그런 일은 퍼굽 사장이 가장 잘 알 테니 그러려니 했다.

5월 2일. 모퉁이를 돌면 나오는 작은 양복점에 무도회 정장 상의와 바지를 보내 구김살을 펴게 했다. 시장 관저에 가야 했기 때문에 다음 주 월요일에는 집에 들르지 말라고 고잉에게 전했다. 커밍스에게도 같은 메모를 보냈다.

5월 3일. 캐리는 다음 주 월요일에 입고 갈 의상에 대한 조언을 구하려고 서턴에 사는 제임스 부인에게 갔다. 우연히 서기장 스포치와 시장 관저 초대에 대해 얘기했다. 그는 "나도 초대를 받았는데, 안 갈 생각이야."라고 말했다. 스포치 같은 저속한 사람이 초대를 받았다고하니 초대의 품격이 상당히 떨어진다는 느낌이 들었다. 저녁에 내가 외출한 사이 젊은 재단사가 정장 상의와 바지를 가지고 왔다. 하지만 세라가 지불해야 할 다림질 값을 한 푼도 가지고 있지 않아서, 다시 옷을 가지고 가버렸다.

5월 4일. 장모님께 보냈던 초대장을 와인을 엎질러서 미안하다는 메모와 함께 돌려받았다. 나는 너무 화가 나서 아무 말도 하지 못 했다.

5월 5일. 다음 주 월요일에 착용할 라벤더 색 키드 가죽 장갑 한 켤레와 목에 매다가 망칠 경우를 대비해서 흰색 넥타이 두 개를 샀다.

5월 6일. 일요일. 지루한 설교가 진행되는 동안, 이런 말을 해서 유감스럽지만, 내일 있을 시장 관저 무도회 생각을 두 번이나 했다.

5월 7일. 기념할만한 날. 시장의 축하 연회가 있는 날이다. 집안 전체가 난리였다. 캐리가 방 전체를 쓰고자 했기 때문에 나는 여섯 시 30분에 벌써 옷을 다 차려입어야만 했다. 제임스 부인이 캐리를 도와주려고 서턴에서 왔다. 그 때문에 나는 하녀 세라의 모든 시중을 요구하는 아내 캐리가 부당하다는 생각을 떨쳐 버릴 수 없었다. 세라는 '마님을 위한 것들'을 가져온다며 계속해서 집 밖으로 뛰어나갔고, 나는 야회복 차림으로 여러 차례 뒷문을 열어 줘야만 했다.

마지막으로 문을 열었을 때는 청과물 가게 배달 소년이었

| 청과물 가게 배달 소년은 내 손에 양배추 두 개와 석탄 여섯 덩어리를 밀어 넣었다

다. 세라가 등을 켜지 않은 까닭에 소년은 나인 줄도 모르고 내 손에 양배추 두 개와 석탄 여섯 덩어리를 밀어 넣었다. 나는 화가 나서 손에 받아든 물건들을 바닥에 집어던졌고, 너무 짜증이 났던 나머지 나도 모르게 소년의 귀를 손바닥으로 때렸다. 소년은, 다른 건 몰라도 절대로 내게는 일어나지 않을 것으로 생각했던, 고소를 하겠다며 울면서 가버렸다. 나는 어둠 속에서 양배추 잎 하나를 밟고 그대로 엉덩방아를 찧었다. 잠시 멍했던 나는 다시 정신을 차리고 2층 응접실로 기어 올라가 침니 유리등에 얼굴을 비춰 보았다. 턱에선 피가 흐르고 있었고, 셔츠는 석탄 덩어리로 얼룩이 졌으며, 내 바지의 왼쪽 무릎 부분은 찢어져 있었다.

하지만 제임스 부인이 다른 셔츠를 가져다줘서 응접실에서 새것으로 갈아입었다. 나는 턱에 반창고를 붙였다. 세라가 무릎이 찢어진 바지를 아주 말끔하게 바느질해 주었다. 아홉 시가 되자 캐리가 위엄 있는 여왕의 모습을 하고 나타났다. 그렇게 사랑스럽고 기품 있는 모습은 처음 본다. 세라는 제임스 부인이 빌려 준, 어깨 위에 마무리용으로 레이스가 달린 하늘색—내가 좋아하는 색—새틴 드레스를 입고 있었다. 나는 드레스가 뒤쪽은 좀 길고 앞쪽은 너무 짧다고 생각했는데, 제임스 부인은 그게 유행이라고 했다. 지금껏 가장 친절했던 제임스 부인은 캐리에게 붉은색 깃털이 달린 상아 손부채를 빌려 주었다. 그녀 말로는 그 깃털이 지금은 멸종한 카추 독수리의 것이라 가치를 매길 수 없을 만큼 비싸다고 했다. 개인적으로는 캐리가 소울 브레드 가게에서 3실링 6펜스 주고 산 작은 흰색 손부채가 더 마음에 들었지만, 두 부인은 단 번에 내 생각을 무시해 버렸다.

우리 부부는 너무 이른 시간에 시장 관저에 도착했다. 그 덕분에 나는 신분을 낮추고 자비롭게 인사하는 시장과 이야기를 나눌 수 있었다. 하지만 나는 그가 퍼굽 사장이 누구인지 조차 모른다는 사실에 실망했다.

나는 시장이 누구인지도 모르는 사람에 의해 시장 관저 무도회에 초대 받은 느낌이었다. 사람들이 도착했을 때, 그 장엄한 광경을 나는 절대 잊지 못할 것 같다. 나의 비천한 펜으로는 절대 그 광경을 묘사할 수 없다. 캐리가 "아는 사람이 하나도 없는 우리가 불쌍하지 않아요?"라는 말을 반복해서 조금 짜증이 났다.

한 번은 캐리를 무척 당황하게 하는 일이 있었다. 내가 팩함에 사는 프랜칭 씨와 닮은 사람을 보고 그에게 다가가려 하자 캐리가 내 야회복 뒷자락을 잡더니, 꽤나 큰 목소리로 "날 혼자 두고 가지 마세요."라고 말했다. 예복을 입고 몸에 장식용 사슬을 두른 한 노신사와 두 명의 숙녀가 그 말을 듣고 웃음을 터뜨렸다. 엄청나게 많은 사람이 만찬 홀에 모여 있었다. 이게 다 뭐지! 샴페인으로 가득한 정말 훌륭한 만찬이었다.

캐리는 배부르게 저녁을 먹었다. 가끔 캐리가 허약하다고 생각했던 나는 그런 그녀가 기뻤다. 대부분의 요리는 캐리가 좋아하는 것들이었다. 나는 목이 너무 말라서 음식을 많이 먹을 수 없었다. 누군가가 내 어깨를 툭 쳐서 돌아봤더니, 오! 맙소사, 철물점 주인 파멀슨이 아닌가. 그가 무척이나 친한 척하며 내게 "이곳이 블릭필드 테라스보다 낫죠?"라고 말했다. 나는 담담하게 그를 바라보다 차갑게 "여기서 보게 될 줄은 몰랐네요."라고 말했다. 그가 크게 웃으며 "나쁘지 않죠. '당신'도 되는데 '나'라고 왜 안 되겠어요?"라고 말했다. 나는 "그럼요."라고 대답했다. 다른 말을 했더라면 좋았을 것을. 그가 캐리에게 "부인, 뭘 좀 가져다 드릴까요?"라고 말했다. 나는 캐리가 "고맙지만, 괜찮아요."라고 말해서 기뻤다. 내가 책망하듯 파멀슨에게 "욕조에 칠을 부탁했는데, 오늘은 못하시겠군요."라고 말했다. 파멀슨이 "푸터 씨, 죄송하지만 사람들 앞에서 가게 얘기는 하지 마세요."라고 말했다.

내가 대답을 생각하기도 전에, 예복을 갖춰 입은 판사 한 명이 파멀슨의 등을 치더니 그를 오랜 친구라고 환호하며 맞았다. 그리고 그는 파멀슨에게 자신의 집회소[21]에서 저녁이나 같이 하자고 했다. 나는 깜짝 놀랐다. 그들이 5분 내내 그 자리에 서서 박장대소를 하며 서로의 옆구리를 찔러댔기 때문이다. 그들은 끊임없이 서로에게 조금도 늙지 않았다고 말했다. 그들이 서로를 껴안고 샴페인을 마시기 시작했다.

우리 집 긁개 발판이나 수리하는 남자가 귀족사회의 구성원을 알고 있다니! 캐리와 내가 자리를 옮기려던 바로 그때, 파멀슨이 다소 거칠게 내 옷깃을 잡으며 판사에게 이렇게 말했다. "제 이웃 푸터를 소개하죠." 심지어 그는 내 이름 뒤에 '씨'자도 붙이지 않았다. 판사는 나에게 샴페인 한 잔을 건넸다. 결국 그와 와인을 같이 하게 된 것을 큰 영광으로 생각한 나는 그에게 그렇게 얘기했다. 우리는 그 자리에 서서 얼마간 담소를 나누다 마침내 내가 "죄송하지만, 제 아내에게 가봐야 할 것 같습니다."라고 말하고 캐리에게로 갔다. 캐리는 "아니 거기 계속 있지 왜 왔어요. 낯선 사람들 속에 혼자 있었더니 얼마나 행복한지 몰라요!"라고 말했다.

말다툼이 시작될 수도 있었기 때문에, 그리고 말다툼을 할 만한 시간도 장소도 아니었기 때문에, 나는 캐리에게 손을 내밀며 이렇게 말했다. "나의 작고 사랑스러운 부인, 당신과 춤을 추고 싶소. 굳이 말하자면 우리가 런던 시장의 내빈으로 초대받은 시장 관저에서 함께 춤을 출 수 있다면 얼마나 좋을까 하고 생각했었소." 만찬 후에 춤을 추는 것이 좀 더 편한 데다 캐리가 옛날에 내 춤에 늘 감탄했었다는 사실을 알기에, 나는 캐리의 허리를 감싸고 왈츠를 추기 시작했다.

최악의 사건이 터지고 말았다. 나는 새로 산 부츠를 신고 있었다. 어리석게도 부츠 바닥을 가위의 뾰족한 끝으로 긁거나 물을 좀 먹여 두라는 캐리의 충고를 듣지 않은 것이다. 춤을 시작하기도 전에 왼발이 미끄러지면서 나는 2, 3초 동안 옆머리를 바닥에 심하게 부딪혔다. 나와 함께 쓰러진 캐리도 머리빗이 부러지고 팔꿈치에 찰과상을 입었다고 굳이 말할 필요가 있을까?

폭소를 터뜨리던 사람들이 우리가 다친 것을 알고 즉각 웃음을 멈췄다. 한 신사가 캐리를 부축해서 자리에 앉혔다. 나는 미끄럼 방지 카펫이나 거친 융단도 없이 그냥 광택만 낸 바닥이 얼마나 위험한지 몸소 시범을 보인 셈이다. 다윗츠라고 자신을 소개한 신사는 캐리를 데리고 가서 샴페인을 한 잔 마시게 해야 한다며 고집을 부렸다. 캐리가 그 신사의 고집을 받아 주어서 기뻤다.

나는 캐리와 함께 그 신사를 따라가다 파멀슨을 만났다. 나를 보자마자 그가 큰 목소리로 "쓰러진 게 당신이요?" 하고 물었다.

나는 분노에 차서 그렇다고 대답했다.

그는 분위기 파악도 못하고 "여보시오. 우리는 춤추기에 너무 늙었소. 무대는 젊은 양반들에게 양보합시다. 술이나 한잔 더 하는 게 우리에게 맞지 않겠소."라고 말했다.

그것을 인정하는 것으로 그의 침묵을 얻어냈다고 생각하면서도 우리는 다른 사람들을 따라 만찬 홀로 갔다.

불미스러운 일을 겪은 우리 부부는 그 자리에 더는 머물고 싶지 않았다. 우리가 자리를 뜨려고 하자 파멀슨이 "가시게요? 그럼 저도 좀 태워 주세요."라고 말했다.

그렇게 하는 편이 더 나을 것 같다고 생각했더라도 나는 먼저 캐리의 생각을 물어봤어야만 했다.

5

시장 관저 무도회 이후. 캐리가 화가 났다. 고잉도 화가 났다. 커밍스 집에서의 즐거운 파티. 팩함에 사는 프랜칭 씨가 우리를 방문했다.

5월 8일. 나는 최악의 두통을 느끼며 자리에서 일어났다. 거의 앞을 볼 수가 없었고, 목은 근육경련이 일어난 것처럼 뻐근했다. 처음에는 세라를 보내 의사를 부를까도 생각했지만 그럴 필요까진 없다고 생각했다. 침대에서 일어났을 때 현기증이 나서 브라우니쉬 약국에 갔더니 물약을 처방해 주었다. 사무실에서도 몸이 너무 좋지 않아 조퇴를 하고 집으로 돌아와야만 했다. 오는 길에 런던 중심가의 다른 약국에 들러 물약을 처방받았다. 브라우니쉬 약국의 물약 때문에 두통은 더욱 심해졌고, 온종일 아무것도 먹지 못 했다. 더 심각했던 건, 내가 말을 걸 때마다 날카롭게 반응하는 캐리였다.

저녁에 두통이 다시 심해졌다. 캐리에게 "지난밤 시장 관저에서 먹은 바닷가재 마요네즈 요리 때문에 식중독에 걸린 게 분명해."라고 말했다. 그녀는 바느질거리에서 눈도 떼지 않고 무심하게 "샴페인은 당신과 맞지 않아요."라고 대답했다. 나는 화가 나서 "무슨 말도 안 되는 소리야. 한잔 반 마신 게 전부라고. 그건 당신도 알잖아……."라고 말했다. 내가 채 말을 끝내기도 전에 캐리가 방을 나가 버렸다. 자리에 앉아 한 시간 동안 그녀가 돌아오기를 기다렸다. 하지만 그녀가 돌아오지 않아서 자러 가기로 했다. 캐리가 '잘 자요'란 말 한마디 없이 먼저 자러 갔다는 것을 알게 되었다. 부엌문 잠그는 일과 고양이에게 밥 주는 일을 내게 맡긴 채. 내일 아침에 꼭 얘기해야겠다.

5월 9일. 몸이 떨리고 눈 아래 다크서클도 여전하다. 시장 관저 무도회에 초대받았던 사람들의 명단이 격주로 발행되는 랙프라이어스 신문에 실렸다. 우리 부부의 이름이 빠져 있어서 실망했는데 파멀슨의 이름은, 그게 무슨 뜻인지는 모르겠지만, M.L.L[22] 뒤에 있었다. 더욱 짜증이 났던 것은 친구들에게 돌리려고 이미 열두 부나 주문해 뒀다는 것이다. 랙프라이어스 신문사에 편지를 보내 우리의 이름이 명단에서 빠졌다고 지적했다.

응접실로 갔더니 캐리가 아침을 먹고 있었다. 나는 혼자서 차 한 잔을 챙기며 아주 차분하고 나지막한 목소리로 "캐리, 지난밤 당신의 행동에 대해 설명을 좀 해 줬으면 좋겠어."라고 말했다.

그녀가 "진심이에요! 그럼 나는 이틀 전 당신의 행동에 대해 설명 이상의 것을 해 주길 간절히 바라요."라고 말했다.

나는 차분하게 "정말 이러기요. 나는 당신이 왜 이러는지 이해가 안 돼."라고 대답했다.

캐리가 차갑게 "아마도 안 되겠죠. 당신은 어떤 것도 기억할 수 있는 상태가 아니었으니까요."라고 말했다.

그녀의 모욕적인 말에 큰 충격을 받은 내가 "캐롤린!" 하고 소리쳤다.

그녀가 "연극하지 마세요. 내겐 안 먹히니까. 그런 목소리는 아껴뒀다가 당신의 새 친구 파멀슨 씨에게나 써먹으시죠."라고 말했다.

내가 말을 꺼내려고 하자 화가 난 캐리가, 난 그렇게 화가 난 그녀의 모습을 본 적이 없다, 입 다물라고 했다. 그녀는 "이제 '내가' 말할 차례군요. 당신은 파멀슨 씨를 무시하겠다고 해 놓고선 반대로 그가 '당신'을 무시하게 만들었어요. 내가 보는 앞에서 말이죠. 당신은 그의 제안을 받아들이며 샴페인 한잔을 마셨죠. 거기서 멈추지 못하고 당신은 그 이상을 마셨어요. 그리고 우리 집 긁개 발판을 엉망으로 만든 그 저속한 사람에게 집으로 가는 마차의 옆자리를 내줬죠. 그가 마차에 오르다 내 드레스를 찢은 일, 제임스 부인의 값비싼 부채를 발로 밟아 뭉갠 일, 그러고도 사과 한마디 하지 않은 그의 무례함에 대해서는 말하지 않겠어요. 하지만 당신은 내게 먼저 허락을 구하는 품위 따위는 집어던지고 줄곧 집으로 돌아오는 마차 안에서 줄 담배를 피웠죠. 그게 다가 아니에요. 파멀슨 씨는 합승을 하고도 마차 비용은 단 한 푼도 내지 않았어요. 다행인 것은 그가 나의 태도를 보고 당신의 행동이 잘못되었다는 것을 알아차릴 만큼 술에 취하지는 않았다는 거죠."라고 밀했다.

| 파머슨은 집으로 돌아오는 마차 안에서 내내 담배를 피웠다

이 말을 듣고 내가 얼마나 부끄러웠을지 아무도 모를 겁니다. 설상가상 그때 고잉이 노크도 없이 방으로 들어왔다. 그는 머리에 두 개의 모자를 쓰고, 손에는 정원용 갈퀴 자루를 쥐고, 목에는 (현관 못에 걸려 있던) 캐리의 모피 어깨걸이를 하고, 크고 거친 목소리로 "시장 각하!"라고 말했다. 그는 어릿광대처럼 방 안을 두 번이나 행진했다. 아무도 그에게 눈길을 주지 않자 그가 "여보게, 무슨 일인가? 사랑싸움 중인가?"라고 말했다.

잠시 정적이 흐른 뒤 내가 조용히 "내 소중한 친구 고잉, 몸이 아파서 농담할 기분이 아니네. 특히 자네가 노크도 없이 방으로 불쑥 들어와서 웃기지도 않은 연극을 할 때는."라고 말했다.

고잉이 "미안하네. 지팡이를 가져가려고 왔네. 내 생각에는 자네가 어디로 치운 것 같은데."라고 말했다. 그에게 지팡이를 건네주던 나는, 보기 좋게 하려고 지팡이에 검게 에나멜 칠을 한 것이 떠올랐다. 잠시 지팡이를 살펴보던 고잉이 어안이 벙벙해져서 "누가 이렇게 한 건가?" 하고 물었다.

내가 "어… 뭘 했는데?"라고 말했다.

그가 "뭘 했느냐고? 아니, 내 지팡이를 망가뜨려 놓지 않았나! 내 불쌍한 삼촌 걸세. 이 세상에서 내가 제일 소중하게 생각하는 건데. 누가 그랬는지 알아내고 말겠네."라고 말했다.

나는 "미안하네, 친구. 아마 페인트는 벗겨질 걸세. 잘 해 보려고 그랬던 거네."라고 말했다.

고잉이 "그렇다면 자네가 '자유에 대한 혼동'[23]을 했다고 밖에 말할 수 없겠군. 이 말을 덧붙이고 싶네. 그런 말도 안 되는 일을 벌이다니, 자네 생긴 것보다 더 멍청하군." 하고 말했다.

5월 12일. 랙프라이어스 격주간지 한 부를 얻었다. 그들이 빠뜨린 사람들의 이름이 짧게 나와 있었다. 그런데 그 멍청이들이 우리 부부의 이름을 '포터 씨와 포터 씨 부인'이라고 적은 것이다. 짜증이 치밀었다. 다시 편지를 썼다. 이번에는 어떤 실수도 없도록 특별히 신경을 써서 우리 이름을 대문자로 POOTER라고 적어 보냈다.

5월 16일. 랙프라이어스 신문을 펼치고 다음 구절을 보는 순간 나는 역겨움이 치밀어 올랐다. '우리는 찰스 퓨우털 Pewter 씨와 그 부인으로부터 그들이 시장 관저 무도회에 참석했었다는 사실을 알려 달라는 두 통의 편지를 받았습니다.' 나는 신문을 찢어 쓰레기통에 던져 버렸다. 그런 하찮은 일에 시간을 낭비할 순 없지.

5월 21일. 캐리가 서턴에 사는 제임스 부인 집에 가버려서 지난주, 아니 지난 10일간은 끔찍하게 심심했다. 커밍스도 없었다. 추측하건대, 고잉은 허락도 없이 지팡이를 검게 칠한 것에 대해 아직도 화가 나 있는 것 같다.

5월 22일. 은으로 장식한 7실링 6펜스짜리(캐리에게는 5실링이라고 말할 작정이다) 새 지팡이를 하나 사서 멋진 메모와 함께 고잉에게 보냈다.

5월 23일. 고잉에게 이상한 편지를 받았다. 편지에서 그는 '마음 상했느냐고? 천만에 친구. 반대로 나는, 내가 화를 내서 자네 기분이 상했을 것으로 생각했네. 게다가 알고 보니 자네가 에나멜 칠을 한 지팡이는 나의 불쌍한 삼촌 것이 아니었네. 그냥 담배 가게에서 1실링 주고 산 지팡이였어. 하지만 나는 그렇게 똑같이 생긴 멋진 선물을 보내준 자네에게 감사하지 않을 수가 없네'라고 말했다.

5월 24일. 캐리가 돌아왔다. 만세! 햇볕에 코가 탄 것을 빼고 아주 좋아 보였다.

5월 25일. 캐리가 내 셔츠 몇 벌을 가지고 오더니 모퉁이를 돌면 나오는 트릴립 수선 집에 맡기라고 했다. 그녀는 "앞부분과 소맷동이 많이 *해졌어요Frayed*."라고 말했다. 나는 주저 없이 "저런. 그 때문에 나는 *신경이 곤두서Frayed* 있어요."라고 말했다. 아! 얼마나 웃었던지. 나는 우리가 절대 웃음을 멈출 수 없을 거라고 생각했다. 시내로 가는 승합마차에서 우연히 마부 옆 자리에 앉게 된 나는 그에게 '해진' 셔츠 농담을 해 주었다. 나는 그가 자리에서 굴러 떨어질 수도 있겠다는 생각을 했다. 사무실 직원들도 그 농담에 폭소를 터뜨렸다.

5월 26일. 트릴립 수선 집에 셔츠를 맡겼다. 수선사에게 "셔츠가 *해져서Frayed 신경이 곤두서Frayed* 있어요."라고 말했다. 그가 웃음기 없는 얼굴로 "그러기 마련이죠."라고 대답했다. 어떤 사람들은 유머 감각이 정말 꽝인 것 같다.

6월 1일. 캐리가 돌아왔고, 고잉과 커밍스도 매일 저녁 집에 들르기 때문에, 지난주가 마치 먼 옛날처럼 느껴진다. 우리는 두 번이나 정원으로 나가 늦게까지 앉아 있었다. 오늘 저녁 우리는 한 무리의 어린아이처럼 '이야기 잇기' 게임을 했다. 참 좋은 게임이다.

6월 2일. 오늘 저녁에도 '이야기 잇기' 게임을 했다. 지난밤만큼 재미있지는 않았다. 고잉이 품위의 한계를 몇 번 넘어섰기 때문이다.

6월 4일. 저녁에, 우리 부부는 멋진 저녁 시간을 같이 보내기 위해 커밍스 집으로 갔다. 고잉이 먼저 와 있었고, 스틸브룩도 있었다. 조용했지만 즐거웠다. 커밍스 부인이 대여섯 곡의 노래를 불렀다('아닙니다, 선생님', '잠의 정원' 등). 내 기준으로 봤을 때 최고의 노래였다. 하지만 제일 즐거웠던 곡은 커밍스 부인과 캐리가 함께 부른 이중창이었다. 고전 이중창 역시 그랬다. 나는 '내 사랑을 원해요'로 불리는 곡이라고 생각한다. 정말 아름다웠다. 캐리의 목소리가 좀 더 좋았다면 직업 가수보다 노래를 더 잘 했을지도 모른다. 저녁을 먹고 난 후 부인들에게 앙코르를 청했다. 지난 일요일 '젖소와 울타리' 술집 사건 이후 스틸브룩을 좋아한 적은 한번도 없지만, 그가 익살맞은 노래에 일가견이 있다는 것만은 인정해야 했다. 그가 부른 '우린 지금 저 늙은이들을 원하지 않아'라는 곡은 웃음으로 비명을 지르게 만들었고, 특히 글래드스턴[24]을 지칭하는 가사들은 정말 웃겼다. 그런데 내 생각에 그가 한 소절을 빠뜨린 것 같았다. 내가 그렇게 말했더니, 고잉은 그 노래가 단연 최고라고 생각했다.

6월 6일. 트릴립에서 셔츠를 찾았는데 수선비가 정나미 떨어지게도 새 옷 값보다 비싸게 나왔다. 내가 그렇게 생각한다고 말했더니, 그가 건방지게도 "글쎄요. 지금 이 셔츠가 새 옷이었을 때 보다 더 낫지 않나요."라고 말했다. 나는 그에게 돈을 지불하면서 이건 날강도 같은 짓이라고 말했다. 그는 "푸터 씨께서 셔츠 앞부분을 포퍼[25] 리넨으로 수선하길 원하셨다면, 왜 진작 그렇게 말씀하시지 않으셨죠?"라고 말했다.

6월 7일. 왕짜증. 팩함에 사는 프랜칭 씨를 만났다. 그는 나름대로 대단한 인사다. 나는 그에게 우리 집에 가서 미트 티와 팟럭[26]을 같이 하자고 용기를 내어서 제안했다. 그가 그런 비천한 초대에 응할 것으로 생각하지 않았는데, 아주 다정하게 수락했다. 그는 혼자 있느니 차라리 우리와 옹기종기 모여 있는 편이 낫겠다고 말했다. 내가 "이 블루 승합 마차를 타는 것이 좋을 것 같습니다."라고 말했다. 그는 "전

| 펙함에 사는 프랜칭 씨

블루 승합마차는 타지 않습니다. 최근에 블루스[27]를 충분히 탔거든요. 코퍼 스케어에게 거금 천 실링을 잃었습니다. 이 걸로 타고 갑시다."라고 말했다.

우리는 폼 나게 2륜 마차를 타고 집으로 향했다. 집에 도착해서 정문을 세 번이나 두드렸지만 대답이 없었다. 별무늬가 있는 우윳빛 유리 패널을 통해 캐리가 위층으로 다급하게 올라가는 모습이 보였다. 나는 프랜칭 씨에게 정문에서 잠시 기다리라고 하고 옆문으로 갔다. 거기서 나는 페인트칠 때문에 문에 생긴 기포를 뜯어내고 있던 청과물 가게 배달 소년을 만났다. 그를 꾸짖을 시간은 없었다. 돌아서 주방 창문을 통해 안으로 들어가 정문을 열었다. 프랜칭 씨를 안으로 모시고 그에게 응접실을 보여 주었다. 나는 위층에서 옷을 갈아입고 있던 캐리에게 가서 프랜칭 씨를 간신히 모셔왔다고 말했다. 그녀는 "어떻게 그럴 수 있죠? 당신도 알잖아요, 세라가 쉬는 날이란 걸. 그리고 집엔 아무것도 없어요. 차가운 양고기는 날씨가 더워서 상한 것 같고."라고 대답했다.

결국 캐리는, 성품이 좋은 사람인지라, 아래층으로 내려와서 찻잔을 씻고 식사 준비를 했다. 나는 프랜칭 씨에게 우리의 일본 그림들을 구경하게 하고, 정육점으로 달려가서 갈빗살 세 토막을 샀다.

페인트칠 때문에 문에 생긴 기포를 뜯어
내고 있던 청과물 가게 배달 소년

7월 30일. 고약하게 쌀쌀한 날씨가 나 또는 캐리, 아니면
우리 둘 다의 마음을 뒤집어 놓는다. 정말 아무것도 아닌 일
로 우리 부부는 말다툼을 벌이는 것 같다. 이런 유쾌하지 않
은 사건은 보통 식사시간에 터진다.

오늘 아침, 무엇 때문인지는 모르겠지만, 우리는 풍선에
관한 얘기를 나누며 엄청 흥겨웠다. 하지만 대화가 가족 문
제로 빠져버렸고, 캐리는 아무 근거도 없이 아주 무례한 태
도로 불쌍한 내 아버지의 금전적인 문제를 끄집어냈다. 나
는 "누가 뭐래도 내 아버지는 신사야."라고 반박했고, 그 때
문에 캐리가 울음을 터뜨렸다. 나는 분명 아침을 조금도 먹
을 수 없었다.

사무실에서 퍼굽 사장이 날 부르더니, 미안하지만 다음

주 토요일부터 연차를 써야 할 것 같다고 말했다. 프랜칭 씨가 사무실에 들렀다. 자신의 사교클럽 '산책'에서 저녁이나 같이 하자고 했다. 오늘 아침 '가벼운 말다툼'이 있은 뒤라 유쾌하지 못한 일이 생길까 두려웠던 나는, 캐리에게 전보를 보내 오늘 밖에서 저녁식사를 하게 됐으니 기다리지 말고 먼저 자라고 전했다. 그리고 캐리에게 줄 작은 은팔찌 하나를 샀다.

7월 31일. 어젯밤 내가 잠들기 전 화장대 위에 사랑이 담긴 쪽지와 함께 놓아둔 은팔찌를 보고 캐리가 무척 기뻐했다. 캐리에게 다음 주 토요일부터 휴가를 즐겨야 한다고 말했다. 캐리는 날씨가 썩 좋지 않은 것을 빼고 괜찮다며 아주 행복한 얼굴로 대답했다. 그리고 그녀는 지본스 양이 그녀의 해변용 드레스를 제때 가져올 수 없을 것 같다고 걱정했다. 나는 캐리에게 분홍 나비매듭이 달린 드랩 색상의 드레스면 충분할 거라고 말해 주었다. 캐리는 그걸 입을 생각이 없다고 했다. 그 문제에 대해 의논하려던 찰나 어제 있었던 말다툼이 생각나서 나는 입을 다물기로 했다.

나는 캐리에게 "'그리운 옛 적의 브로드스테어스[28]'만큼 좋은 곳은 없을 것 같아."라고 말했다. 놀랍게도 캐리는 처음으로 '브로드스테어스'에 반대했을 뿐만 아니라 나에게 '그리운 옛 적'이란 표현은 제발 쓰지 말아달라고 간청하며,

장소 문제는 그런 곳을 잘 아는 스틸브룩 씨와 다른 '신사'에게 맡기자고 했다. 그때 창밖으로 승합마차가 지나가는 소리를 듣고 나는 캐리에게 키스도 못 한 채 서둘러 집을 나와야만 했다. 나오면서 캐리에게 "당신이 결정하구려."라고 소리쳤다. 저녁에 집으로 돌아왔을 때, 캐리는 휴가 기간이 짧아서 '브로드스테어스'로 결정했고, 하버 뷰 테라스에 사는 백 부인에게 방을 알아봐 달라고 편지를 썼다고 말했다.

8월 1일. 에드워드 양복점에서 새 바지를 주문하며 부츠 부분을 너무 헐렁하게 재단하지 말라고 부탁했다. 지난번 바지는 부츠 부분이 지나치게 헐렁하고 무릎이 너무 조여서 마치 항해사 바지 같았다. 심지어 사무실에서 그 가증스러운 애송이 피트 녀석의 책상 옆을 지나갈 때는 '혼파이프[29] 복장'이라고 부르는 소리를 들었다. 캐리가 지본스 양에게 분홍색 가리발디[30]와 *군청색 서지*[31]*Blue-Serge* 스커트를 주문했다. 나는 항상 그 옷이 바닷가에서 보면 참 예뻐 보인다고 생각한다. 저녁에 캐리가 작은 항해용 모자[32]를 직접 손보는 동안 나는 그녀에게 '익스체인지 앤 마트[33]'를 읽어 주었다. 손질한 모자를 써 보고 우리 부부는 한바탕 웃었다. 캐리는 턱수염과 어우러진 모자가 정말 우스꽝스러워 보인다고 말했다. 내가 그걸 쓰고 무대에 섰다면 얼마나 많은 사람이 배꼽을 잡고 웃었을까.

| 애송이 피트 녀석의 책상 옆을 지나갈 때는 '혼파이프 복장'이라고 부르는 소리를 들었다

8월 2일. 벡 부인으로부터 우리가 늘 묵었던 브로드스테어스의 방을 사용해도 좋다는 편지를 받았다. 한시름 놓았다. 나는 런던 시내의 많은 멋쟁이 직장인들이 입고 다니는, 소위 '대세'라고 불리는 강렬한 색상의 셔츠와 황갈색의 부츠를 샀다.

8월 3일. 멋진 날이다. 내일이 기다려진다. 캐리가 대략 5피트 정도 되는 파라솔 하나를 샀다. 나는 파라솔이 너무 길어서 우스꽝스러워 보인다고 말했다. 캐리가 "서턴에 사는 제임스 부인은 이보다 두 배나 긴 파라솔을 가지고 있어요."

라고 말해서 더는 할 말이 없었다. 나는 바닷가 뜨거운 햇볕 아래에서 쓸 최고급 모자를 샀다. 그런 모자를 뭐라고 부르는지 모르겠지만, 인디언이 썼던 짚으로만 만든 투구 모양이었다. 넥타이 세 개, 색깔 손수건 두 개, 짙은 남색 양말 한 켤레를 포프 브라더스 가게에서 샀다. 저녁에는 짐을 싸며 시간을 보냈다. 캐리가 까먹지 말고 히그스워드 씨의 망원경을 빌려 두라고 했다. 내가 잘 간수한다는 걸 아는 그는 항상 망원경을 빌려 준다. 세라를 보내 받아오도록 했다. 모든 것이 순조롭게 진행되는 것 같았는데, 마지막 우편물 배달 시간에 벡 부인으로부터 한 통의 편지를 받았다. 편지에는 '방금 집 전체를 한 단체 방문객에게 빌려 줬습니다. 죄송하지만 제가 한 말을 취소해야겠네요. 다른 방을 찾아보셔야겠습니다. 옆집에 사는 우밍 부인 댁에 숙소를 잡으면 좋아하실 겁니다. 그런데 은행 공휴일 주간이라서 월요일까지는 방이 나지 않는다는군요'라고 적혀 있었다.

6

아들 윌리 루핀 푸터의 예기치 않은 귀가.

8월 4일. 첫 번째 우편물 배달 시간에 사랑하는 아들 윌리의 편지를 받았다. 그저께 캐리가 스무 번째 생일을 맞은 아들에게 작은 선물을 보냈는데, 그에 대한 답장이었다. 놀랍게도, 오후에 아들이 올덤에서 그 먼 길을 이동해서 직접 찾아왔다. 그는 일하는 은행에서 휴가를 낸 데다 다음 주 월요일이 휴일이라서 우리를 깜짝 놀라게 해 주고 싶었다고 했다.

8월 5일. 일요일. 아들 윌리를 작년 크리스마스 이후로 보지 못 했던 우리 부부는 그 사이 멋진 청년으로 성장한 아들을 보며 기뻐했다. 사람들은 그가 캐리의 아들이라는 것을 믿지 않으려 한다. 오히려 캐리의 남동생 같다. 나는 일요일에 체크무늬 정장을 입고 있는 윌리가 못마땅하고, 그가 오늘 아침 교회를 갔어야만 했다고 생각한다. 하지만 그가 어제 먼 길을 이동한 탓에 피곤하다고 말해서 그 문제에 대해 더는 말하지 않았다. 우리 가족은 저녁에 포트와인 한 잔으로 윌리의 건강을 빌었다.

그는 "아, 제가 제 첫 번째 이름 '윌리엄'은 이제 쓰지 않고, 중간 이름 '루핀'을 쓴다고 말씀드렸던가요? 올덤 사람들은 저를 '루핀 푸터'로 알고 있어요. 거기서 저를 '윌리'라고 부르면 아무도 모를 거예요."라고 말했다.

당연히 '루핀'도 순수한 우리 가족의 '성'이기에, 캐리는 기뻐하며 루핀 가의 긴 역사를 늘어놓기 시작했다. 나는 과감하게 '윌리엄'은 멋지고 쉬운 이름이며, 런던에서 많은 존경을 받았던 윌리엄 삼촌을 연상시키는 이름이라고 말했다. 윌리는 내가 그다지 좋아하지 않는 냉소적인 태도로 "아, 저도 알아요. 그 지나간 옛 적의 빌 삼촌 말이죠."라고 말하며 세 번째 와인 잔을 채웠다.

며칠 전 캐리는 내가 쓰는 '지나간 옛 적의'라는 표현에 대해 강하게 반대했었는데, 윌리가 그 말을 했을 때는 아무런 언급도 없었다. 나는 아무 말도 하지 않았다. 하지만 그녀의 얼굴에는 더 많은 뜻이 담겨 있었다. 나는 "아들 윌리야, 은

행에서 동료들과 잘 지냈으면 좋겠구나."라고 말했다. 그는 "아버지, 제발 루핀이라고 불러 주세요. 그리고 제가 일하는 은행에 대해서 말씀드리자면, 거긴 신사 같은 직원은 한 명도 없어요. '은행장'은 비열한 놈이고요."라고 대답했다. 그의 말에 충격을 받은 나는 아무 말도 할 수 없었고, 본능적으로 뭔가 잘못됐다는 느낌을 받았다.

8월 6일. 은행 공휴일. 아홉 시가 되었는데도 아무런 기척이 없어서 내가 루핀의 방문을 두드리며, 우리는 보통 여덟 시 30분에 아침을 먹는데 언제 내려올 거냐고 그에게 물었다. 루핀은, 밤새 기차가 집을 흔들고 아침에는 창문을 통해 햇볕이 들어와서 머리가 깨질 것 같다며, 참으로 힘든 시간이었다고 대답했다. 캐리가 올라와서 그에게 아침을 가져다주겠다고 말했지만, 루핀은 차 한잔이면 된다고 하며 다른 것은 원치 않는다고 했다.

루핀이 내려오지 않아서 나는 한 시 30분에 다시 그의 방으로 올라가 우리는 두 시에 점심을 먹는다고 얘기해 주었다. 루핀은 "내려갈게요."라고 대답했다. 하지만 그는 두 시 45분까지도 내려오지 않았다. 나는 "네 얼굴을 좀 더 보고 싶구나. 그리고 다섯 시 30분 기차를 타려면 여기서 한 시간 후에는 떠나야 해. 자정에 우편 마차를 탈 게 아니라면 말이다."라고 말했다. 그가 "보세요, 주인장. 돌려 말하지 마세요. 은행에 사표를 냈단 말이에요."라고 말했다.

나는 잠시 말문이 막혔다. 다시 말문이 열렸을 때 나는 "감히 어떻게 그럴 수 있죠? 어떻게 상의 한마디 없이 그렇게 중대한 일을 혼자서 결정할 수 있느냐고요? 아무 말 마세요! 당장 책상 앞에 앉아서 제가 불러 주는 대로 받아 적으세요. 사표를 물리고 싶고, 당신의 경솔함을 백 배 사죄한다고."라고 말했다.

아들 윌리가 큰 소리로 깔깔거리고 웃으며 이렇게 대답했을 때 제가 얼마나 낙담했을지 상상해 보세요. "소용없어요. 진실을 알고 싶으시다면, 전 잘렸어요."

| 루핀

8월 7일. 숙소를 잡지 못했다는 이유로 퍼굽 사장이 휴가를 일주일 연기해 주었다. 우리 부부가 휴가를 떠나기 전에

월리의 일자리를 알아볼 수 있는 좋은 기회가 될 것이다. 내 야망은 아들을 퍼굽 사장 회사에서 일하게 하는 것이다.

8월 11일. 아들 월리가 우리 수중에 있다는 게 심각한 문제지만, 그가 은행에서 '그는 일에 전혀 관심이 없고, 늘 한 시간(어떨 때는 두 시간) 씩 지각한다'라는 간단한 이유로 사직을 요구받았다는 것에 대해서는 만족스럽다. 월요일에 우리 가족 모두는 가벼운 마음으로 브로드스테어스로 떠날 수 있다. 이번 여행은, 올덤 은행의 관리자와 쓸모없는 서신을 주고받으며 시간을 낭비했던, 지난 며칠 동안의 걱정을 잠시 잊게 해 줄 것이다.

8월 13일. 야호! 브로드스테어스에 도착했다. 역 근처의 아주 멋진 숙소다. 바닷가 절벽이었다면 가격이 두 배는 비쌌을 것이다. 숙소 여주인은 오후 다섯 시에 우리에게 저녁과 차를 준비해 주었다. 어쩌다 파리 한 마리가 버터에 앉았다며 루핀이 까다롭게 굴었지만, 우리는 그녀의 음식을 맛있게 즐겼다. 저녁에 비가 왔다. 나는 일찍 잠자리에 들 좋은 핑곗거리가 생겨 그것에 감사했다. 루핀은 책을 좀 읽다 자겠다고 했다.

8월 14일. 지난밤 책을 읽겠다던 루핀이 사실은 일종의 유흥을 즐기기 위해 모임 장소에 갔었다는 사실을 알고 나는 약간 짜증이 났다. 그런 행동은 사람들로부터 존경과 지지를 얻지 못한다고 내 의사를 표명했다. 하지만 루핀은 "어! '딱 한 번'일 뿐이에요. 기분이 울적해서 '영국의 특별한 불꽃, 폴리 프레스웰'을 보러 가고 싶었어요."라고 말했다. 나는 그녀의 이름을 들어 본 적도 없다고 말했다. 캐리가 "애 좀 가만 내버려 두세요. 제 몸 하나는 돌볼 수 있을 만큼 충분히 컸잖아요. 그리고 자기가 신사라는 걸 잊지 않을 거예요. 당신 젊었을 때를 생각해 봐요."라고 말했다. 온종일 비가 억수같이 쏟아졌지만 루핀은 밖으로 나가려고 했다.

8월 15일. 날씨가 약간 개어서 우리는 마케이트 행 기차를 탔다. 그 해변 부두에서 처음으로 만난 사람이 고잉이었다. 내가 "어이 친구. 난 자네가 버밍엄 친구들과 바머스에 간 줄 알았는데, 아닌가?" 하고 물었다. 그가 "그랬지. 하지만 피터 로렌스란 젊은 친구가 너무 아파서 방문을 연기했네. 그래서 여기로 왔어. 자네, 커밍스 가족들도 여기 와 있다는 사실 알고 있나?"라고 말했다. 캐리가 "와, 정말 잘 됐네요. 함께 저녁도 먹고 게임도 같이 해야겠어요."라고 말했다.

나는 "내 사랑하는 아들이 집으로 돌아온 사실을 알면 자네도 기뻐할 걸세."라고 말하며 루핀을 소개했다. 고잉이 "어떻게? 은행을 그만뒀단 얘기는 아니겠지?"라고 말했다.

나는 꼬치꼬치 캐묻는 고잉의 주특기에 어색한 대답을 하기 싫어서 재빨리 주제를 바꿨다.

8월 16일. 내가 프록코트를 입고 새로 산 밀짚모자를 쓰고 있어서, 루핀은 당연히 나와 함께 걷는 것을 거부했다. 얘가 뭐가 되려는지 모르겠다.

| 내가 프록코트를 입고 새로 산 밀짚모자를 쓰고 있어서, 루핀은 당연히 나와 함께 걷는 것을 거부했다

8월 17일. 루핀이 보이지 않아서 캐리와 나는 둘이서 배를 타러 갔다. 아내와 단둘이 있게 되어서 마음이 놓였다. 왜냐하면, 아들 루핀과 같이 있으면 짜증이 나는 데다 캐리

는 항상 루핀을 자기 옆에 두고 싶어 하기 때문이다. 우리가 돌아왔을 때 루핀이 "'실링 에메틱' 타셨죠, 그렇죠? 다음엔 '리버 젝커'를 타 보세요. 6펜스밖에 안 해요."라고 말했다. 내 추측에는 그가 3륜 사이클을 말한 것 같았는데, 이해하지 못한 척했다.

8월 18일. 고잉과 커밍스가 마케이트에 저녁 식사를 하러 나왔다. 비가 와서 고잉이 커밍스에게 자기와 호텔로 가서, 내가 당구를 칠 줄 모르고 당구를 탐탁잖게 생각한다는 걸 알기 때문에, 당구 한 게임 치자고 했다. 하지만 커밍스는 서둘러 마케이트로 돌아와야만 한다고 했다. 그러자 오싹하게도 루핀이 "제가 같이 쳐 드릴게요. 원하시는 만큼 얼마든지요."라고 말했다. 나는 "아마 고잉 씨는 어린 사람과는 치고 싶지 않을 거야."라고 말했다. 고잉이 "아니야. 좋아하네. 잘만 친다면."라고 말해서 나를 놀라게 하더니 루핀과 함께 걸어 나갔다.

8월 19일. 일요일. 루핀에게 (그가 지나치게 빠져 있는) 흡연과 당구에 대해 막 설교를 하려던 참이었다. 그런데 그가 모자를 쓰고 밖으로 나가 버렸다. 그러자 캐리가 루핀을 마치 어린아이 다루듯 한다며, 확연한 나의 '바람직하지 못함'에 대해 장황한 설교를 쏟아냈다. 나는 한편으로는 그녀의 말도 옳다고 생각해서 저녁에 루핀에게 담배 한 대를 권했다. 기뻐하는 것 같던 그가 담배를 몇 모금 피우더니 "이거 정말 그 옛날 옛적 담배네요. 제 것 한 번 피워보세요."라고 말하며 나에게 독한 데다 길기까지 한 담배 한 개비를 건넸다.

8월 20일. 해변에서의 마지막 날, 비록 구름은 끼었지만 괜찮은 날씨라서 기뻤다. 우리는 저녁에 (마케이트에 있는) 커밍스 가족에게로 갔다. 날씨가 쌀쌀해서 집안에 머물며 게임을 즐겼다. 늘 그렇듯 고잉은 지켜야 할 선을 넘고 말았다. 그는 한 번도 들어 본 적 없는 '커틀릿'이란 게임을 제안했다. 그가 의자에 앉아서 캐리에게 자기 무릎에 앉으라고 요청했다. 당연히 캐리는 거절했다.

실랑이 끝에 내가 고잉의 무릎에 앉고 캐리가 내 무릎 가장자리에 앉았다. 이어서 루핀이 캐리의 무릎 가장자리에, 커밍스가 루핀의 무릎에, 커밍스 부인이 남편의 무릎에 앉았다. 그 모습이 정말 우스꽝스러워 보여서 우리는 한바탕 웃었다.

그때, 고잉이 "자, 이제 이 무굴 황제의 말을 믿겠느냐?"라고 말했다. 우리는 다 함께 "네, 믿습니다."라고 대답해야만 했다(세 번이나 그렇게 대답했다). 고잉이 "나도 그래."라고 하더니 갑자기 자리에서 벌떡 일어났다. 이 어리석은 장난의 결과로 우리 모두는 바닥에 쓰러졌고, 불쌍한 캐리는 난로 망 모서리에 머리를 부딪쳤다. 커밍스 부인은 식초를 뒤집어썼는데, 그 때문에 우리는 마지막 기차를 놓치고 브로드스테어스까지 마차를 타야만 했다. 7실링 6펜스가 들었다.

| 우리가 서로의 무릎에 앉았을 때, 고잉이 "자, 이제 이 무굴 황제의 말을 믿겠느냐"라고 말했다

| 고잉이 "나도 그래."라고 하더니 갑자기 자리에서 벌떡 일어났다

7

휴가를 마치고 집으로 돌아왔다. 제임스 부인이 캐리에게 헛바람을 불어넣는다. 루핀에게 맞는 일자리를 찾지 못 했다. 옆집이 조금 골칫거리다. 누군가가 허락도 없이 내 일기에 손을 댔다. 루핀의 일자리를 찾았다. 루핀이 약혼 발표로 우리를 놀라게 했다.

8월 22일. 아, 즐거운 나의 집이여! 캐리가 꽃병을 받칠 예쁜 청색 울 매트 몇 개를 사 왔다. 프립스 제너스는 루핀에게 맞는 일자리가 없어 미안하다는 편지를 보냈다.

8월 23일. 나는 석고 반죽으로 만든 한 쌍의 프랑스 산 수사슴 머리를 사서 갈색으로 칠했다. 현관에 두는 것만으로도 제법 분위기를 살릴 것이다. 아주 훌륭한 수사슴 머리 모조품이다. 풀러스 앤 스미스도 루핀에게 맞는 일자리가 없어 미안하다고 했다.

| 한 쌍의 프랑스 산 수사슴 머리를
현관에 걸었다

8월 24일. 루핀이 조금 의기소침해 있어서 그의 기분도 풀어 주고 기운도 북돋우려고, 캐리가 2, 3일 시간을 같이 보내자며 서턴에 사는 제임스 부인을 초청했다. 깜짝 놀라게 해 주려고 루핀에게는 아무 말도 하지 않았다.

8월 25일. 제임스 부인이 야생화 한 다발을 들고 오후에 도착했다. 제임스 부인은 보면 볼수록 좋은 분 같고, 캐리에게도 헌신적이다. 보닛[34]을 벗으려고 캐리의 방으로 간 제임스 부인은 캐리와 드레스에 대해 얘기하느라 거의 한 시간 가량 그 방에 머물렀다. 루핀은, 제임스 부인의 '방문'에는 놀라지 않았지만 '제임스 부인'에게는 놀랐다고 말했다.

8월 26일. 일요일. 제임스 부인이 아침 내내 무슨 옷을 입을 것인지에 대해 많은 얘기를 하느라 겨우 예배 시간에 맞춰 교회에 도착했다. 루핀은 제임스 부인과 썩 잘 지내는 것 같지 않다. 지난 수요일 옆집으로 이사 온 이웃과 문제가 생기지는 않을까 걱정된다. 2륜 마차를 타고 온 그들 친구 몇몇이 벌써부터 못마땅하다.

지난밤이던가 아니면 그저께던가, 공기가 쌀쌀해서 흰색 조끼를 입고 조끼 주머니에 엄지손가락을 꽂은 채(버릇이다) 지나가고 있었다. 그런데 2륜 마차에 탄, 미국인으로 보이는 한 남자가 "나는 조끼 주머니에 13달러를 가지고 있었지."라고 하며 말도 안 되는 저속한 노래를 부르기 시작했다. 나를 가리키는 말이라고 생각했는데, 내 추측이 맞았다. 오늘 오후 춤이 높은 모자를 쓰고 정원을 산책하고 있을 때, 누군가가 의도적으로 내 모자를 겨냥해서 던진 '맞으면 터지는' 폭죽이 뇌관처럼 모자 위에서 폭발했다. 나는 급히 몸을 돌렸고, 침실 창문 중 하나에서 몸을 빼는, 2륜 마차에 타고 있던 그 남자를 보았다고 나는 확신한다.

8월 27일. 쇼핑을 간 캐리와 제임스 부인은 내가 사무실에서 돌아올 때까지도 집에 도착하지 않았다. 대화 내용으로 짐작해 보건대, 제임스 부인이 말도 안 되는 드레스 얘기로 캐리의 머릿속을 채우고 있는 건 아닌지 걱정이다. 고잉의 집으로 가서 그에게 저녁을 먹으러 오라고 말하며 분위기 좀 띄워달라고 부탁했다.

캐리가 남은 식힌 고기구이, 연어 한 조각(돌려먹을 만큼 충분하지 않다면, 내가 사양해야 할 음식이다), 블랑망제,[35] 그리고 커스터드 소스[36]로 다소 즉흥적인 저녁을 준비했다. 주방 옆 탁자 위에는 포트와인이 든 유리병과 약간의 잼 파이도 있었다. 제임스 부인이 우리에게 '머깅스'라는 제법 재미있는 카드 게임을 제안했다. 놀랍게도, 사실은 정나미가 떨어지지만, 루핀이 게임 중간에 벌떡 일어나서 빈정대는 투로 이렇게 말했다. "죄송하지만 이 게임은 저에게 너무 벅차네요. 뒤뜰에서 조용히 구슬치기나 하며 놀겠어요."

분위기가 조금 불편해질 수도 있었는데, (루핀을 마음에 들어 하는 것 같은) 고잉이 직접 게임을 만들어 보자고 제안했다. 루핀이 "우리 '원숭이' 게임해요." 하고 말했다. 그러더니 그가 고잉을 끌고 방을 한 바퀴 돌고는 그를 거울 앞으로 데려갔다. 그 광경을 보고 나는 배꼽을 잡고 웃었다. 사람들이 어떤 농담에 연거푸 웃음을 터뜨렸다. 그런데 그게 뭔지 내게는 설명을 해 주지 않아서 약간 짜증이 났다. 잠자리에 들 때쯤에야 나는 저녁 내내 윗옷 뒷자락 아랫부분 한쪽에 앤디 머캐서[37]를 달고 돌아다녔다는 사실을 알았다.

8월 28일. 분명 옆집에서 던진 것으로 보이는 큰 벽돌 하나를 제라늄 화단 중간에서 발견했다. 패틀즈 앤 패틀즈는 루핀에게 맞는 일자리가 없다고 했다.

8월 29일. 제임스 부인이 캐리를 놀리고 있는 게 분명하다. 캐리가 작업복[38] 같은 새 드레스를 입고 나타났다. 그녀는 '주름 장식'이 *미친 듯한 유행All The Rage*이라고 했다. 나는 그 옷이 날 *미치도록 화나게In A Rage* 한다고 대답했다. 캐리는 주방용 석탄 통만큼이나 크고 모양새도 그와 똑같은 모자도 하나 썼다. 제임스 부인이 집으로 돌아가서 루핀과 나는 약간 기뻤다. 루핀이 집으로 돌아온 후 어떤 주제로 마음이 맞은 건 이번이 처음이다. 머킨스 앤 손은 공석이 없어 루핀에게 일자리를 줄 수 없다는 편지를 보냈다.

10월 30일. 누가 고의로 지난 5, 6주 분량의 내 일기장을 찢어 버렸는지 알고 싶다. 정말 악마 같은 짓이다. 내 일기는 주변에서 일어나는 일상의 사건들을 이것저것 기록한 커다란 낙서장이고, 매일 그렇게 일기를 쓴다는 건 나에겐 (자부심과 함께) 엄청난 고통이다.

캐리에게 이 일에 대해 아는 바가 있느냐고 물었다. 캐리는, 파출부 아주머니가 이곳저곳을 쓸고 닦는 주변에 일기장을 둔 것은 내 잘못이라고 했다. 나는 그건 내 질문의 답이 아니라고 말했다. 이런 식의 응수야말로, 내 생각에 끝내주게 영리한 응수, 며칠 전 통로에 잠시 놓아둔 꽃병을 내가 무심코 팔꿈치로 툭 쳐서 깨뜨렸을 때 했어야만 했다.

꽃병은 최근까지 달스톤에 살다 포멀튼스로 이사 간 오랜 친구인 캐리의 사촌 버트셋 부인이 우리의 결혼을 기념해서 선물로 준 것이다. 다른 어떤 꽃병과도 바꿀 수 없을 만큼 소중한 것이었기 때문에 캐리는 이 재앙을 두고 심하게 화를 냈었다. 세라를 불러 내 일기장에 대해 물어보았다. 굴뚝 청소부가 떠난 뒤 비렐 부인(파출부 아주머니)이 그 방을 닦고 난로에 불을 지폈기 때문에, 자신은 거실에 들어간 적이 없다고 말했다. 나는 난로 안의 연료를 받치는 쇠 살대에서 타버린 종잇조각을 발견했다. 유심히 살펴보니 내 일기장의 일부가 분명했다. 누군가가 내 일기장을 고의로 찢어 난롯불에 태웠다는 증거다. 비렐 부인에게 내일 집에 들르라고 전했다.

10월 31일. 마침내 퍼굽 사장으로부터 아들 루핀의 일자리를 찾았다는 편지 한 통을 받았다. 이 소식이 일기장 일부를 잃어버려 상처받은 내 마음을 조금은 달래 준다. 지난 몇 주 동안의 일기는, 루핀의 면접을 신청한 사람들로부터 받은 실망스러운 대답의 기록이었기 때문이다. 집에 들른 비렐 부인이 "어떤 책도 보지 못했어요. 더구나 그것을 멋대로 '만질' 권한도 제겐 없잖아요."라고 말했다.

내가 누가 그랬는지 꼭 알아내고야 말겠다고 다짐하자 그녀도 온 힘을 다해 돕겠다고 말했다. 그런데 굴뚝 청소부가 난로에 불을 지핀 것을 비렐 부인이 기억하고 있었다. 그래서 나는 굴뚝 청소부에게 내일 집에 들르라고 전했다. 나는 캐리가 루핀에게 정문 열쇠를 주지 않기를 바랐다. 아무래도 그가 보이지 않는다. 새벽 한 시가 넘도록 그를 기다리다 *지쳐서 잠자리로 돌아갔다*Retired Tired.

11월 1일. 어제 일기에 '*지쳐서 잠자리로 돌아갔다*Retired Tired'라고 쓴 말이 그때는 몰랐는데 좀 우습다. 지금 내 마음속에 걱정거리가 덜하다면 그걸로 소소한 농담 정도는 할 수 있을 텐데. 굴뚝 청소부가 집에 들렀다. 그런데 감히 현관으로 들어와서 더러운 그을음투성이의 가방을 문간 계단에 기대 놓는 그 대담함이란. 하지만 너무 예의가 발라서 그를 꾸짖을 수는 없었다. 그는 세라가 불을 지폈다고 했다. 불행하게도 그때 난간을 청소하고 있던 세라가 그 얘기를 들어버렸다. 계단을 뛰어 내려온 그녀가 굴뚝 청소부에게 버럭 화를 냈다. 이 때문에 문간 앞 계단에서 말다툼이 벌어졌다. 나라면 절대 그렇게 하지 않을 텐데. 나는 세라에게 맡은 일을 하라고 했고, 굴뚝 청소부에게는 귀찮게 해서 미안하다고 했다. 그 사람 때문에 문간 계단이 온통 그을음투성이가 되어서 내 마음도 좋지는 않았다. 나는 기꺼이 10실링을 주고서라도 누가 내 일기장을 찢어버렸는지 밝혀내고 싶다.

11월 2일. 캐리와 조용한 저녁 시간을 보냈다. 캐리와 함께하는 시간은 절대 지루하지 않다. 우리는 '결혼은 실패작인가?'라는 신문 사설을 두고 아주 즐겁게 수다를 떨었다. 우리의 결혼은 그렇지 않다. 우리는 행복한 경험을 얘기하느라 자정이 지난 것도 몰랐다. 누군가가 거칠게 문을 두드리는 소리에 깜짝 놀랐다. 루핀이 들어왔다. 그는 입구의 등을 켜려고 하지도 않았다. 심지어 우리가 있는 방에 눈길조차 주지 않고 시끄러운 소리를 내며 곧바로 자기 방으로 사라져 버렸다. 루핀에게 잠시 내려오라고 했더니 '녹초'가 됐다며 이해해 달라고 부탁했다. 하지만 15분 뒤 그의 모습은 완전히 달랐다. 그는 분명 자기 방에서 춤을 추며 소리를 지르고 있었다. '폴카를 추는 날 보세요'인가 아니면 그런 비슷한 헛소리를 질러대면서.

11월 3일. 드디어 좋은 소식이 왔다. 퍼굽 사장이 루핀의 면접 약속을 잡았다. 다음 주 월요일 루핀은 퍼굽 사장을 만날 것이다. 아, 정말 마음이 놓인다! 루핀에게 좋은 소식을 전하려고 그의 방으로 갔다. 하지만 그는 침대에, 매우 지저분한, 없었다. 그래서 저녁까지 그를 기다리기로 했다.

그는 지난밤 '홀로웨이 코미디언'이란 아마추어 드라마 클럽의 회원으로 뽑혔다고 말했다. 즐거운 저녁 시간을 보내고도 찬바람이 드는 곳에 앉아 있어서 머리에 신경통이 생겼다고 했다. 그가 아침을 먹지 않으려고 해서 그냥 내버려두었다.

ㅣ 퍼굽 사장

저녁에 특별한 포트와인 한 병을 준비했다. 놀랍게도 루핀이 자리를 같이 했다. 잔을 채운 뒤 내가 루핀에게 "아들아, 예상하지 못한 좋은 소식이 있구나. 퍼굽 사장이 너의 면접 날을 잡았단다."라고 말했다. 루핀이 "참 잘 됐네요!"

라고 했다. 우리는 잔을 비웠다.

그리고 루핀이 "다시 잔을 채워 주세요. 예상하지 못한 좋은 소식이 있거든요."라고 말했다.

나는 약간의 불안함을 느꼈다. 캐리가 "좋은 소식이길 바란다."라고 말하는 것을 듣고 그녀도 나와 같은 불안함을 느꼈음을 알았다.

루핀은 "걱정 마세요. 저 약혼해요!"라고 말했다.

| 루핀은 "걱정 마세요. 저 약혼해요!"라고 말했다

8

데이지 머틀러 양이 유일한 대화의 주제다. 루핀의 새 침대. 커밍스 집에서의 불꽃놀이. '홀로웨이 코미디언 클럽'. 세라가 파출부 아주머니와 언쟁을 벌였다. 루핀의 불필요한 참견. 데이지 머틀러 양을 소개받았다. 그녀에게 경의를 표하는 뜻으로 파티를 열기로 했다.

11월 5일. 일요일. 저 어린 것이 우리와 상의 한 마디 없이 약혼하겠다고 해서 캐리와 나는 골치가 아팠다. 저녁을 먹은 후 루핀이 모든 것을 얘기했다. 그는 그 숙녀의 이름이 데이지 머틀러이고, 그가 만난 여자 중 가장 착하고 예쁘고 재주가 많다고 했다. 그는 첫눈에 그녀에게 반했고, 그녀를 위해 50년을 기다려야 한다면 그렇게 할 것이며 그녀 또한 그럴 거라고 말했다.

　흥분한 루핀은 이제 세상이 달라 보인다고 말하며, 살 만한 가치가 있는 세상이라고 덧붙였다. 그는 데이지 머틀러를 데이지 푸터로 만들겠다는 단 하나의 목적으로 산다고 했다. 또한, 데이지 머틀러가 푸터 가문의 명예를 실추시키지 않을 거라고 장담했다. 이 말에 캐리가 울음을 터뜨리며 아들의 목을 감싸 안았다. 그러다 그만 루핀이 들고 있던 포트와인을 그가 입고 있던 새 바지 위에다 몽땅 엎질러버렸다.

　나는 데이지 머틀러 양을 보게 되면 우리도 분명 그녀를 좋아하게 될 거라고 말했다. 하지만 캐리는 이미 그녀를 사랑하고 있다고 말했다. 캐리의 말이 다소 이른 감이 있다고 생각하면서도 나는 입을 다물고 있었다. 이날 우리는 하루 종일 데이지 머틀러 양에 대해서만 얘기했다. 루핀에게 머틀러 집안에 대해 물었더니, 그가 "아버지도 아시잖아요. 머틀러 씨, 윌리엄 씨, 와츠 씨를."라고 말했다. 내가 모르는 사람들이었지만, 루핀이 짜증을 낼까 두려워 질문을 자제했다.

　11월 6일. 나와 함께 사무실로 간 루핀은 퍼굽 사장과 긴 시간 대화를 나누었다. 그 결과 루핀는 잡 클린앤즈 주식투자회사의 서기 직을 받아들이기로 했다. 루핀은 그곳이 광고 회사라는 것과 그걸 그리 대수롭지 않게 생각한다는 것을 내게 따로 얘기했다. 나는 "배고픈 사람이 이 밥 저 밥 가리게 생겼니."라고 대답했다. 내가 루핀에게 인정할 건 인정하라고 말하자 그가 다소 부끄러워하는 것 같았다.

저녁에 우리는 불꽃놀이를 하려고 커밍스 집으로 갔다. 비가 오기 시작했다. 불꽃놀이가 재미없을 것 같다는 생각이 들었다. 내 폭죽 중 하나가 잘못 터지는 것을 보고 고잉이 "발로 밟게. 그러면 꺼질 거야."라고 말했다. 내가 부츠 뒤꿈치로 폭죽을 여러 번 밟자 큰 폭발음을 내며 폭죽이 꺼졌다. 그 때문에 나는 손가락을 심하게 데었다. 남은 폭죽을 커밍스 아들에게 가지고 놀라며 줘 버렸다.

내 머리가 엉망이 되는 재수 없는 일이 또 일어났다. 커밍스가 불꽃놀이의 피날레를 장식하겠다며 땅에 박힌 말뚝에다 큰 바퀴 모양으로 폭죽을 세트 째 묶어뒀다. 이걸 준비하느라 7실링이 들었다며 그가 난리 법석을 떨었다. 불을 붙이는데 다소 어려움이 있었다. 결국 불을 붙였지만, 몇 차례 회전하던 폭죽 바퀴가 멈춰버렸다. 나는 가지고 있던 막대기로 그걸 두드려서 돌아가게 하려고 했는데, 불행하게도 폭죽 세트가 말뚝에서 풀리며 잔디 위로 굴러 떨어졌다. 모르는 사람이 봤다면, 폭죽이 미친 듯이 내게로 달려오는 모습을 보고 내가 커밍스 집에 불을 지르려 한다고 생각했을 것이다. 다시는 불꽃놀이 모임에 참석하지 않으려다. 시간과 돈만 낭비하는 바보 같은 짓이다.

11월 7일. 루핀이 캐리에게 머틀러 양의 어머니를 찾아뵈라고 요청했지만, 캐리는 머틀러 부인이 먼저 찾아오는 것이 옳다고 말했다. 내가 캐리의 생각에 동의하면서 말다툼이 벌어졌다. 캐리가 남은 게 없는 초청장의 추가 인쇄가 끝나면 방문 예절에 대해 충분히 의논할 시간이 있을 거라고 말해서 문제는 일단락 났다.

11월 8일. 블랙스 문구점에다 몇 종의 카드를 주문했다. 두고두고 오래도록 쓰려고 종류 별로 스물다섯 장의 카드를 주문했다. 저녁에 루핀이 머틀러 양의 오빠 프랭크 머틀러를 집으로 데리고 왔다. 그는 좀 흐느적거리는 젊은이였는데, 루핀은 그가 '홀로웨이 코미디언 클럽'에서 가장 인기 있는 최고의 아마추어 코미디언이라고 말했다. 루핀은 우리에게 프랭크를 부추겨 그의 '입만 열게' 하면 우리를 크게 웃겨 줄 거라고 귓속말을 했다.

저녁 식사 시간에 젊은 머틀러가 몇 가지 재미있는 것을 선보였다. 그가 칼을 집어 들더니 납작한 부분으로 자신의 뺨을 두드리며 놀라운 솜씨로 연주를 했다. 그는 또 이 없는 노인네가 담배 피우는 모습을 흉내 내기도 했다. 계속해서 담배를 떨어뜨리는 그의 모습을 보고 캐리가 자지러지게 웃었다.

대화 도중에 데이지의 이름이 흘러나오자 프랭크 머틀러

가 조만간 저녁에 자신의 여동생을 이곳으로 데려오고 싶다고 했다. 부모님이 옛날 분이라서 외출을 마음대로 못한다는 것이다. 캐리가 작지만 특별한 파티를 준비하겠다고 말했다. 밤 열한 시가 다 된 데다 젊은 머틀러가 집에 갈 생각을 하지 않아서 내가 눈치를 주려고 루핀에게 내일 일찍 나가야 한다고 상기시켰다. 그는 눈치를 알아먹기는커녕, 우스운 흉내 내기를 시리즈로 시작했다. 쉬지 않고 한 시간가량 계속됐다. 불쌍한 캐리는 눈을 뜨고 있는 것조차 힘들어했다. 결국, 캐리는 죄송하지만 먼저 자러 가야겠다고 말했다.

그제야 젊은 머틀러가 자리에서 일어났다. 나는 그와 루핀이 현관에서 '홀로웨이 코미디언 클럽'에 대해 속삭이는 소리를 들었다. 그러더니 지겹게도 루핀은 자정이 다 지난 시간에 모자와 코트를 챙겨 새로운 동료와 함께 집을 나갔다.

11월 9일. 일기장을 찢어버린 사람을 찾으려는 나의 노력은 결실이 없다. 루핀의 머릿속은 온통 데이지 머틀러에 대한 생각뿐이어서 식사 시간에 불규칙적으로 나타나는 것을 제외하면 좀처럼 그를 볼 수 없다. 커밍스가 집에 들렀다.

11월 10일. 루핀이 편안한 새 침대를 마음에 들어 하는 것 같다. 차를 마시는 시간에 우리의 유일한 대화 주제는 데이지 머틀러 양이다. 캐리도 루핀처럼 그녀 얘기뿐이다. 진저리나게도 루핀은, 다가오는 '홀로웨이 코미디언 클럽' 공연에서 자기가 배역을 맡게 되었다고 나에게 알려 주었다. 희극 '삼촌 집에 가고 없었다'에서 자신이 밥 브리치즈 역을 맡고 프랭크 머틀러가 늙은 머스티 역을 맡을 거라고 했다. 나는 루핀에게 그것에 대해 눈곱만큼도 흥미가 없고, 아마추어 연극은 손톱만큼도 좋아하지 않는다고 아주 분명하게 말했다. 저녁에 고잉이 집에 들렀다.

11월 11일. 집에 돌아왔더니 집안 꼴이 엉망이었다. 캐리가 잔뜩 겁먹은 표정으로 침실 밖에 서 있었고, 세라는 흥분해서 울고 있었다. 술을 마신 것이 분명한 비렐 부인(파출부 아주머니)은 "난 도둑이 아니야, 생계를 위해 열심히 살아야 하는 훌륭한 여자라고, 내가 거짓말을 한다고 지껄이는 사람이 있으면 그게 누구든 얼굴을 갈겨 버리겠어."라고 하며 고래고래 소리를 질렀다. 루핀은 나를 등지고 서 있어서 내가 들어오는 소리를 듣지 못 했다. 두 여자 사이에 서 있던 그는, 유감스럽게도, 중재자 역할을 하기 위해 캐리가 보는 앞에서 다소 거칠게 말했다. 마침 그가 "1파운드당 3펜스의 2분의 1도 안 되는 저 썩어 문드러진 일기 몇 장 없어졌다고 이런 야단법석을 떠는 거예요?"라고 말할 때, 내가 들어온 것이다. 나는 조용히 "루핀, 뭐라고 했니? 이건 의견 차이 때문에 생긴 일이다. 내가 이 집의 가장이니 내가 알아서 하마." 하고 말했다.

나는, 지난주 비렐 부인이 부엌에서 쓰는 기름과 남은 음식을 싸서 집으로 가져가려고 내 일기장을 찢었다는, 세라의 혐의 제기가 심각한 의견 대립의 원인이라는 것을 확인했다. 비렐 부인이 세라의 얼굴을 때리며, 부엌엔 남은 음식이 없어서 아무것도 가져간 것이 없다고 말했다. 나는 세라에게 자리로 돌아가서 일을 하라고 명령했고, 비렐 부인에게는 집으로 돌아가라고 했다. 내가 응접실로 들어섰을 때, 루핀이 허공에다 발길질을 해대며 폭소를 터뜨렸다.

11월 12일. 일요일. 캐리와 나는 예배를 마치고 집으로 돌아오는 길에 루핀, 데이지 머틀러 양, 그리고 그녀의 오빠를 만났다. 데이지 양을 소개받고 캐리가 그녀와 함께 걸으며 우리는 집으로 향했다. 잠시 그들에게 질문을 던지는 사이 나는 미래 며느릿감의 얼굴을 자세히 볼 수 있었다. 순간 나는 가슴이 철렁 내려앉았다. 그녀는 다 큰 처녀였고, 루핀보다 적어도 여덟 살은 많아 보였다. 예쁘다는 생각은 들지 않았다. 캐리가 머틀러 양에게 다음 주 수요일 몇 명의 친구들을 만나는 자리에 오빠와 함께 집에 들를 수 있겠느냐고 물었다. 머틀러 양은 황송할 따름이라고 대답했다.

| 데이지 머틀러

11월 13일. 캐리가 고잉, 커밍스, 서턴에 사는 제임스 부부, 스틸브룩 씨에게 초대장을 보냈다. 나는 팩함에 사는 프랜칭 씨에게 짧은 편지를 썼다. 캐리는 모임을 좀 더 멋지게 만드는 것이 좋을 것 같다고 하며 퍼굽 사장도 초대하는 것이 어떻겠느냐고 나에게 물었다. 나는 우리가 아직 그렇게 높은 신분은 아닌 것 같다고 대답했다. 그러자 캐리는 "물어봐서 손해 볼 건 없잖아요."라고 말했다. 나는 "그건 그렇지."라고 대답하고 퍼굽 사장에게 편지를 썼다. 캐리는, 머틀러 양의 외모에 약간 실망하긴 했지만 괜찮은 여자 같다며 속내를 털어놨다.

11월 14일. 지금까지 우리가 초대장을 보낸 사람들 모두가 내일 있을 작지만 꽤 격식 있는 우리의 작은 파티에 참석하겠다고 알려왔다. 퍼굽 사장은, 내가 간직할 멋진 편지에, 켄징턴에서 식사 약속이 있긴 한데 빠져나올 수 있으면 한 시간 정도 홀로웨이에 들르겠다고 답장을 보냈다. 캐리는 작은 케이크와 속이 보이는 잼 파이와 젤리를 만드느라 온종일 바빴다. 그녀는 내일 있을 저녁 파티에 대한 책임감 때문에 무척 긴장된다고 했다. 우리는 주 식탁에 가벼운 메뉴로 샌드위치, 식힌 닭고기와 햄, 단 음식을 준비하고 손님들이 좋아한다면 보조 식탁에는 여전히 배고픈 손님을 위해 식힌 소고기와 파이산두 혀 요리를 준비해 두기로 했다.

고잉이 내일 파티에 '연미복'[39]을 입어야 하는지 물어보려고 집에 들렀다. 캐리는, 프랜칭 씨도 참석하고 어쩌면 퍼굽 사장도 얼굴을 보이기 위해 잠시 들릴 수 있으니 연미복을 입는 것이 좋을 것 같다고 얘기해 주었다.

고잉이 "아, 단지 알고 싶었을 뿐이에요. 오랫동안 입지 않아서 분명 구겨졌을 텐데. 주름을 펴야겠군." 하고 말했다.

고잉이 돌아가고 루핀이 들어왔다. 그는 데이지 머틀러 양을 기쁘게 해 주고픈 간절함에서 준비물에 대해 잔소리를 하며 불평을 늘어놓았다. 사실 그는 모든 게 마음에 들지 않았다. 우리가 오랜 친구 커밍스를 초대한 것도 거기에 포함된다. 루핀은 야외 파티 복을 입은 커밍스의 모습이 손님을 기다리는 청과물 장수 같다고 하며, 데이지가 그렇게 보더라도 놀랄 일은 아니라고 말했다.

몹시 화가 났던 나는 루핀에게 "루핀, 데이지 머틀러 양은 영국 여왕이 아니야. 난 네가 감언이설에 속아 너보다 한참 나이 많은 여자와 약혼할 만큼 어리석다고 생각하지 않았어. 충고하는데, 네가 부양해야 할 사람과 얽히기 전에 어떻게 생계를 꾸려나갈지 생각해 보기 바란다. 그리고 십중팔구 그녀의 오빠도 빈둥거리며 시간을 보내는 사람으로밖에 보이지 않더구나."라고 말했다.

루핀은 현명하게 내 충고를 받아들이기는커녕 팔짝 뛰며 "아버지께서 제 약혼녀를 모욕하는 건 절 모욕하는 거나 마찬가지예요. 집을 나가겠어요. 그러면 다시는 집안을 우울하게 만드는 일은 없을 테니까요."라고 말했다.

그가 쾅 하는 소리를 내며 현관문을 닫고 밖으로 나갔다. 하지만 문은 괜찮았다. 그는 저녁 식사 시간에 돌아왔고, 우리는 거의 자정까지 베지크 게임을 했다.

9

우리의 첫 번째 중요한 파티. 오랜 친구와 새 친구. 고잉이 다소 짜증나게 한다. 하지만 스틸브룩 씨는 영 딴 사람 같다. 안 좋은 때에 나타났지만 퍼굽 사장은 세상에서 가장 친절하고 호의적인 사람이다. 파티는 대 성공이었다.

11월 15일. 중요한 날이다. 이 집에 이사 와서 처음으로 중요한 파티를 여는 날이다. 나는 일찍 귀가했다. 웨이터를 고용해야 한다며 고집을 부리던 루핀이 샴페인 여섯 병을 사 왔다. 나는 불필요한 돈을 썼다고 생각했지만, 루핀은 약간의 운이 따라서 개인적으로 3파운드를 벌었다고 했다. 새로운 상황에 직면한 루핀이 도박만은 하지 않았기를 바란다. 만찬 실은 멋져 보였다. 캐리는 진심으로 "퍼굽 사장이 보더라도 부끄러울 건 없겠죠."라고 말했다.

나는 손님들이 여덟 시 정각에 도착할 것을 대비해 옷을 미리 차려입었다. 하지만 정장 바지가 너무 짧은 것을 보고 짜증이 확 밀려왔다. 주제넘게도 루핀이 정장화 대신 평상화를 신은 내게 트집을 잡았다.

그래서 나는 "사랑하는 아들아, 난 이미 그런 것쯤은 신경 쓰지 않아도 될 만큼 충분히 살았단다."라고 말했다.

루핀이 웃음을 터뜨리며 "남자들은 보통 신발 같은 건 신경 쓰지 않아요."라고 말했다.

이건 어쩌면 우스울 수도 그렇지 않을 수도 있겠지만, 루핀이 내 와이셔츠 단추에 달린 장식 조각 하나가 떨어져 나간 것을 알아차리지 못 해서 무척 기뻤다. 시장 관저 무도회에서 입었던 드레스를 그대로 착용한 캐리의 모습은 그림처럼 아름다웠다. 응접실의 배치도 멋졌다. 캐리는 속이 다 비치는 고운 면직물 모슬린 커튼을 접이식 문 위에다 달았다. 그리고 경첩을 빼고 문을 뗐기 때문에 출입문 중 하나에도 모슬린을 달았다.

웨이터 피터스 씨가 때맞춰 도착했다. 그에게 샴페인이 완전히 비기 전에 다른 샴페인을 따서는 안 된다고 엄격하게 지시했다. 캐리는 응접실에 놓을 셰리 화이트와인과 포트 레드와인을 준비했다. 그건 그렇고, 색을 약간 넣어 확대한 가족사진이 벽에 참 잘도 어울린다. 캐리가 사진의 모서

리마다 리버티 색 실크 나비모양 매듭을 장식해 두었기 때문이다.

처음 도착한 손님은 고잉이었다. 늘 그렇듯 그만의 방식으로 "어이 푸터, 자네 바지가 왜 그렇게 짧은가?"라고 하며 우리에게 인사를 건넸다.

나는 그냥 "참 자네 답군. 그렇게 말하면 '욱'하는 내 성격을 보게 될 걸세."라고 말했다.

그가 "멍청한 사람, 그런다고 바지가 길어지나. 부인에게 얘기해서 바짓단에 주름 장식이라도 좀 붙여달라고 하게."라고 말했다.

그의 모욕적인 말들을 내 일기장에 기록하는 것이 시간 낭비는 아닌지 모르겠다.

다음으로 커밍스 부부가 도착했다. 커밍스는 "자네가 어떤 옷을 입어야 한다고 말해 주지 않아서 '반 정장' 차림으로 왔네."라고 말했다. 그는 검은색 긴 프록코트에 흰색 넥타이를 하고 있었다. 제임스 부부, 커밍스의 사촌 멀튼 씨, 그리고 스틸브룩 씨가 도착했다. 하지만 루핀은 데이지 머틀러 양과 그녀의 오빠 프랭크가 도착할 때까지 안절부절 못 했다.

데이지 양이 나타났을 때 캐리와 나는 그녀의 모습을 보고 약간 놀랐다. 그녀는 목 아래로 깊숙이 페인 밝은 진홍색 드레스를 입고 있었다. 단정한 모양새는 아니라고 생각했다. 캐리에게 교육을 받았더라면 좋았을 것을, 어깨 부분에 작은 레이스도 달려 있었다. 네클 씨, 스프라이스 호그 씨와 그의 네 명의 딸도 도착했다. 프랜칭 씨, 그리고 루핀의 '홀로웨이 코미디언 클럽' 새 친구들도 한두 명 왔다. 이 친구들의 행동은 다소 연극적이었다. 특히, 한 명은 저녁 내내 폼을 잡으며 작은 원형 탁자에 기대 농담을 해댔다. 루핀은 그를 '우리의 헨리'라고 불렀고, 그가 '홀로웨이 코미디언 클럽의 주연 배우'인데 저속한 희극 광 프랭크 머틀러만큼이나 그 분야에서 유명하다고 했다. 나는 루핀이 무슨 말을 하는지 도무지 알 수 없었다.

우리는 노래를 불렀다. 한순간도 데이지 곁을 떠나지 않던 루핀은 그녀가 '어떤 날'이란 제목의 노래를 부르자 극찬을 아끼지 않았다. 아름다운 곡인 것 같았지만, 그녀는 오만상을 쓰며 노래를 불렀다, 음정이 맞지 않아서 앙코르를 청하고 싶지는 않았다. 하지만 루핀은 머틀러 양에게 연달아 네 곡의 노래를 부르게 했다.

열 시에 만찬을 즐기기 위해 아래층으로 내려갔다. 여러분도 고잉과 커밍스의 모습을 봤다면 한 달은 굶은 사람이라고 생각했을 겁니다. 그래서 나는 캐리에게 퍼굽 사장이 들를 수도 있으니 음식을 조금 남겨 놓으라고 했다. 큰 텀블러 잔에 샴페인을 가득 채우고 단숨에 들이켜는 고잉이 좀 신경 쓰였다. 계속해서 그렇게 마셔대는 그를 보며 여섯 병의 샴페인이 머지않아 바닥나지는 않을까 걱정했다. 내가 한 병을 뒤로 빼 돌렸지만, 루핀이 그걸 찾아내서 데이지와 프랭크 머틀러가 앉은 보조 식탁으로 가져갔다.

우리가 위층으로 올라갔을 때 아이들이 시끄럽게 떠들기 시작했다. 캐리가 단번에 그걸 제지했다. 스틸브룩 씨가 부른 '내 사촌 존에게 무슨 짓을 한 거야?'가 우리를 매료시켰다. 나는 루핀과 프랭크가 사라진 것을 알아채지 못 했다. 홀로웨이 코미디언 클럽 회원 중 한 명인 왓슨에게 그들의 행방을 물었다. 그러자 그가 "'깜짝 선물'을 준비 중이죠."라고 대답했다.

왓슨이 우리에게 원을 그리고 서라고 주문해서 그렇게 했다. 그러자 그가 "유명한 금발 당나귀를 소개하겠습니다." 라고 말했다. 루핀과 프랭크가 방안으로 폴짝폴짝 뛰어 들어왔다. 루핀은 얼굴에 광대처럼 흰색 분장을 하고 있었고, 프랭크는 허리에 커다란 양탄자를 두르고 있었다. 당나귀 흉내를 낸 것인데, 정말 당나귀를 꼭 빼닮았다. 그들은 요란한 무언극을 선보였고, 우리는 비명을 지르며 웃었다.

그러다 문득 뒤를 돌아보았더니, 퍼굽 사장이 문 중간에 서 있었다. 우리도 모르는 사이에 그가 도착한 것이다. 나는 캐리에게 손짓을 하고 곧바로 사장에게 달려갔다. 그는 선뜻 방으로 들어가려 하지 않았다. 내가 이 바보스러운 광경을 사과해야 했지만, 퍼굽 사장은 "오, 아닐세. 재미있어 보이는군그래."라고 대답했다. 그러나 재미있어하는 표정은 아니었다.

캐리와 나는 그를 아래층으로 안내했다. 테이블이 난파선 같았다. 샴페인 한 잔도, 심지어 샌드위치 하나도 남아 있지 않았다. 퍼굽 사장은 탄산수나 소다수 한 잔이면 된다고 했다. 마지막 사이펀[40]이 비어 있었다. 캐리가 "포트와인은 많이 남았어요."라고 말했다. 퍼굽 사장이 미소를 지으며 "고맙지만 괜찮습니다. 정말 다른 건 필요 없습니다. 이렇게 부인과 부인의 남편분을 집에서 뵙게 되어 정말 기쁩니다. 부인, 좋은 시간 보내세요. 이렇게 급하게 돌아가야만 하는 절 용서하십시오."라고 말했다. 나는 그를 마차까지 배웅했다. 그가 "내일 일찍 나오지 말게. 열두 시까지 출근하면 되네."라고 말했다.

마음이 좋지 않았던 나는 캐리에게 파티가 실패작인 것 같다고 말했다. 캐리는 파티가 대 성공이라고 했고, 나는 단지 지쳐서 포트와인 몇 잔을 혼자서 마셨다. 와인 두 잔을 마시자 기분이 훨씬 좋아졌고, 우리는 손님들이 춤을 추고 있던 응접실로 들어갔다. 캐리와 나도 잠시 춤을 췄다. 나는 캐리에게 지난날이 떠오른다고 말했다. 캐리는 내가 예전에는 여자에게 치근덕거리는 얼간이였다고 말했다.

10

회상. 또 멋진 농담을 했다. 지겹도록 식탁에 올라오는 블랑망제[41] 에 짜증이 났다. 루핀이 결혼에 대한 자신의 의견을 밝혔다. 루핀과 데이지 머틀러 사이가 틀어졌다.

11월 16일. 밤새 스무 번 가량 심한 갈증을 느끼며 잠에서 깼다. 물병의 물을 다 마시고 주전자의 물도 반이나 마셨다. 파티를 망치는 꿈도 계속해서 꿨는데, 초대하지도 않은 하층민들이 찾아와서는 퍼굽 사장을 조롱하며 그에게 물건을 집어던졌다. 결국 내가 퍼굽 사장의 머리에 수건을 씌워 그를 (우리가 찾은) 작은 골방에 숨겨 줬다. 지금 생각하면 한심하기 짝이 없는 꿈이지만 꿈속에서는 정말 고통스러웠다. 나는 같은 꿈을 열두 번이나 꿨다.

캐리가 "샴페인은 당신과 맞지 않아요."라고 하며 나를 짜증나게 했다. 나는 단지 두세 잔밖에 마시지 않았고, 그것도 포트와인으로만 마셨다고 했다. 좋은 샴페인은 몸에 나쁘지 않다는 말도 덧붙였다. 그러자 루핀이 그 샴페인은 외판원의 간청에 못 이겨 산 것일 뿐이고, 그 특정 브랜드의 샴페인은 웨스트엔드 클럽에서만 판매한다고 알려 줬다.

나는 웨이터가 그렇게 부른 '곁들임 요리'[42]를 너무 많이 먹었다고 생각한다. 나는 캐리에게 "그 '곁들임 요리Side Dishes'를 옆으로 치워뒀으면Aside 좋았을 것을." 하고 말했다. 계속해서 이 말을 반복했지만 캐리는 커밍스 집에서 빌린 찻숟가락을 포장하느라 내 농담에는 반응이 없었다. 오전 열한 시 30분, 내가 사무실로 출근하려고 집을 나설 때 루핀이 누렇게 뜬 얼굴을 하고 나타나서 "주인장. 오늘 아침 머리는 괜찮은가요?"라고 말했다. 나는 루핀에게 네덜란드 말로 하는 게 낫겠다고 했다. 루핀은 "아침에 일어났더니 머리가 볼드윈의 열기구처럼 부풀어 있었어요."라고 덧붙였다. 그 순간 나는 얼떨결에 지금껏 한 농담 중 가장 재치 있는 농담을 했다. "그게 바로 열기구에서 떨어질 때의 고통 아니겠니." 우리는 폭소를 터뜨렸다.

11월 17일. 여전히 피곤하고 머리도 아프다. 저녁에 고잉이 집에 들러 지난 수요일 파티에 대해 아낌없는 찬사를 쏟아냈다. 그는 모든 것이 아름답게 마무리됐고, 그도 신나게 즐겼다고 했다. 고잉은 기분이 좋을 때는 아주 멋진 친구지만 그게 얼마나 오래갈지는 아무도 모른다. 예를 들어 그는 저녁 식사를 멈추고 식탁 위에 놓인 '블랑망제' 푸딩을 보며 하인이 있는 자리에서 이렇게 소리쳤다. "와, 수요일 파티때 남은 건가?"

11월 18일. 어젯밤 충분한 휴식을 취하고 상쾌한 기분으로 자리에서 일어났다. 본래의 몸 상태를 되찾았다. 나는 밖으로 돌아다니는 생활에 만족한다. 좁은 공간의 사교모임은 내 취향이 아니다. 그래서 오늘 아침에 받은 버드 부인의 결혼식 초대에 참석을 거절했다. 우린 그녀를 그녀의 집에서 단 두 번 만났을 뿐이고, 그 만남이 선물이라고 나는 생각한다. 루핀은 "이번만은 저도 아버지와 생각이 같아요. 제 생각에 결혼은 아주 형편없는 연극처럼 보여요. 두 개의 역할(신부, 신랑)밖에 없잖아요. 신랑 들러리는 연기보다는 그냥 풍채로 한 몫 하는 남자 배우일 뿐이죠. 소리 내서 우는 아버지와 훌쩍이는 어머니를 빼면, 나머지는 옷을 잘 차려입고 비싼 선물로 보잘것없는 그들의 역할에 비용을 지불해야만 하는 엑스트라들 아니겠어요."라고 말했다. 연극 속어를 별로 좋아하지 않지만, 나는 다소 경멸적이긴 해도 재치 있는 말이라고 생각했다.

세라에게 다시는 식사 자리에 '블랑망제'를 내놓지 말라고 했다. 지난 수요일 이후 계속해서 식사 자리에 올라온 것 같다. 저녁에 커밍스가 찾아와서 파티의 성공을 축하해 주었다. 그는 자신이 참석한 파티 중 최고의 파티였다고 말했다. 하지만 제비추리 복장으로 나타났던 그는 정장 차림으로 참석한다고 알려 줬더라면 더 좋았을 거라고 말했다. 조용한 도미노 게임을 하려고 자리에 앉았는데, 루핀과 머틀러가 시끄러운 소리를 내며 입장하는 바람에 게임이 중단됐다. 커밍스와 나는 그들에게 게임을 같이 하자고 권했다. 루핀은 도미노 게임을 별로 좋아하지 않는다며 '스프푸'[43] 게임을 제안했다. 내가 패가 필요하냐고 묻자 프랭크와 루핀이 시간을 재더니 이렇게 말했다. "하나, 둘, 셋 시작! 그린란드에 땅을 가지고 있습니까?" 무슨 게임인지 도무지 알 수 없었다. 게임에 무지한 사람에게 이렇게 대하는 것이 '홀로웨이 코미디언 클럽'의 전통인 것 같았다.

내 지시에도 불구하고, 저녁에 '블랑망제'가 또 식탁에 올라왔다. 설상가상 '블랑망제'가 담긴 유리 접시 주위에 잼을 바른 눈속임의 흔적도 보였다. 캐리가 루핀에게 뭘 좀 먹겠느냐고 묻자 루핀은 "고맙지만 중고는 안 먹어요."라고 대답했다. 나는 캐리에게 단둘이 있을 때 '블랑망제'가 한 번만 더 식탁에 올라오면 바로 집을 나갈 거라고 말했다.

11월 19일. 일요일. 기분 좋게도 조용한 날이다. 오후에 루핀은 데이지 머틀러와 시간을 보내기 위해 집을 나갔다. 그는 아주 기분 좋은 상태로 출발했다. 캐리가 "어쨌든, 루핀이 데이지 양과 약혼해서 좋은 점 하나는 그가 온종일 밖다는 거예요."라고 말했다. 이 말은 분명 신중하지 못한 약혼이라고 생각하는 내 맘을 누그러뜨린다.

　캐리와 나는 저녁 시간에 이 문제에 대해 얘기했고, 이른 약혼이 항상 불행하지만은 않다는 것에 뜻을 같이 했다. 사랑스러운 나의 아내 캐리는, 우리도 일찍 결혼했다는 것과 몇 가지 오해만 빼면 결혼 생활에 심각한 불화는 없었다는 것을 상기시켰다. (내가 캐리에게 말했듯이) 즐거운 인생의 반은 결혼 초창기에 인내하고 참아야만 하는, 작은 고투와 얼마간의 궁핍함으로 이루어진다는 생각을 하지 않을 수 없었다. 보통 돈이 없어서 생기는 그런 발버둥은 사랑하는 두 사람을 함께 할 수 있도록 더욱 굳건하게 만든다.

　캐리는 내가 말을 참 잘한다며 대단한 철학자 같다고 했다.

　우리는 때로 허식에 사로잡혀 살기에 캐리의 작은 칭찬은 나를 으쓱하게 했다. 나는 세련된 언어로 자신을 표현하는 능력자 행세는 못 해도 생각을 간단명료하게 표현하는 능력은 갖추었다. 아홉 시쯤 놀랍게도 루핀이, 분명 연극을 하는 것 같았지만, 흥분한 얼굴로 들어와서는 기어들어 가는 목소리로 "브랜디 있어요?"라고 말했다. 내가 "아니. 하지만 위스키는 조금 있단다."라고 말했다. 놀랍게도 루핀은 물도 섞지 않은 와인 한 잔 분량의 위스키를 그대로 삼켜버렸다.

우리 셋은 아무 말없이 열 시까지 책을 보다가 캐리와 내가 먼저 침실로 갔다. 침실로 가기 전 캐리가 루핀에게 "데이지는 잘 지내니?" 하고 물었다.

루핀은, 틀림없이 '홀로웨이 코미디언 클럽'에서 배운 것이 분명한, 억지로 무관심한 척하며 "아, 데이지요? 머틀러 양 말씀하시는 거죠? 모르겠어요. 잘 있는지, 그렇지 않은지. 그러니 다시는 내 앞에서 그녀 이름은 꺼내지도 마세요."라고 대답했다.

II

우리는 어빙 흉내 내기를 보았다. 패쥐 씨를 알게 되었다. 그가 마음에 들지 않는다. 버윈 포셀톤은 골칫거리가 되어 버렸다.

11월 20일. 하루 종일 루핀을 보지 못 했다. 싸구려 주소록 하나를 샀다. 친구들과 면식이 있는 사람들의 이름과 주소를 새 주소록에 옮겨 적으며 저녁 시간을 보냈다. 당연히 머틀러 집안은 뺐다.

11월 21일. 저녁 시간에 루핀이 잠시 얼굴을 비쳤다. 그가 무심한 표정으로 브랜디 한잔 달라고 했는데, 내 눈엔 연극하는 것처럼 보여서 효과는 꽝이었다. 나는 루핀에게 "아들아, 남은 브랜디가 없단다. 있더라도 네게 줘서는 안 될 것 같구나."라고 말했다. 루핀은 "그럼 구할 수 있는 곳으로 가야겠군요."라고 말하며 집을 나가 버렸다. 캐리가 루핀의 편을 들어서 우리는 남은 저녁 시간을 불쾌한 논의를 하며 보냈다. 논의 중에 '데이지'와 '머틀러'의 이름이 천 번이나 언급되었다.

11월 22일. 고잉과 커밍스가 저녁에 잠시 집에 들렀다. 루핀도 친구 버윈 포셀톤을 데리고 왔다. 버윈 포셀톤은 '홀로웨이 코미디언 클럽'의 구성원으로, 지난번 저녁 파티에 왔다가 집에 있던 작은 원형 탁자를 부순 녀석이다. 데이지 머틀러 양의 이름이 언급되지 않아서 좋았다. 젊은 친구 포셀톤이 대화를 독점했다. 그는 배우 어빙을 꼭 닮았을 뿐만 아니라, 자신을 정말 그 유명한 배우라고 상상하는 것 같았다. 그의 어빙 흉내는 기가 막혔다. 식사 시간이 되었는데도 포셀톤이 돌아갈 생각을 하지 않아서 내가 "포셀톤 군, 저녁 먹고 갈 생각이면 우리가 보통 때 하는 식사 기도를 자네가 대신해 주겠나."라고 말했다. 그는 "아, 감사합니다! 그런데 절 그냥 버윈 포셀톤으로 불러 주시겠어요. 이름이 두 개거든요. 포셀톤이란 이름이 흔하긴 해도 버윈 포셀톤으로 불러 주세요."라고 대답했다.

그는 식사 내내 어빙처럼 행동했다. 턱이 거의 식탁과 수

평을 이룰 정도로 의자에 깊숙이 몸을 파묻고 있던 그는, 탁자 아래로 캐리의 다리를 두 번이나 걷어차며 자신의 포도주를 엎질렀고, 그의 나이프가 고잉의 얼굴에 반사되어 식사를 불편하게 했다. 저녁 식사를 마친 후 포셀톤이 난로 망위로 다리를 쭉 뻗고, 도무지 무슨 말인지 알아들을 수 없는 거지같은 연극 인용구에 흠뻑 취해, 두 번 넘게 벽난로 철물들을 발로 걷어차며 난리를 피워서 불쌍한 캐리는 벌써 두통이 생겨 버렸다.

놀랍게도 그는 나가면서 "어빙 분장을 하고 내일 또 올게요."라고 말했다. 고잉과 커밍스도 어빙 분장을 보고 싶다며 내일 다시 오겠다고 했다. 내가 '차라리 우리 집에서 파티를 연다고 하지 그래'라고 생각할 정도였다. 하지만 캐리가 현

| 식사 자리에서 버윈 포셀톤

명하게도 "여러분, 루핀이 데이지 양을 잊을 수 있는 거라면 뭐든 해 주세요."라고 말했다.

11월 23일. 저녁 일찍 커밍스가 찾아왔다. 그보다 조금 늦게 온 고잉은 허락도 없이 패쥐란 이름의 살이 덕지덕지 찌고, 내 생각에, 눈에 띄는 거라곤 긴 콧수염뿐인 저속한 외모의 남자를 데리고 왔다. 사과할 마음이 눈곱만큼도 없었던 고잉은 단지 패쥐가 어빙 흉내를 보고 싶어 해서 데려 왔을 뿐이라고 했다. 이때 패쥐가 "맞아요."라고 한 이 말은 그가 저녁 내내 한 유일한 말이 되었다. 집으로 돌아온 루핀은 훨씬 생기 있어 보였다. 그는 깜짝 선물도 준비했다. 함께 온 버원 포셀톤은 뭔가를 준비한다며 위층으로 사라졌다. 30분쯤 지나 응접실을 나갔던 루핀이 몇 분 뒤에 다시 돌아와서 이렇게 발표했다. "헨리 어빙 씨가 나오십니다."

| 패쥐

| 루핀이 "헨리 어빙 씨가 나오십니다."라고 발표했다

우리 모두는 기겁을 했다. 그렇게 완벽한 분장은 처음이었다. 기가 막힐 정도로 똑같았다. 유일하게 패쥐 씨만이 흥미를 느끼지 못하는 것 같았다. 그는 가장 편한 흔들의자에 앉아 조잡한 담배 파이프를 물고 벽난로를 향해 담배연기를 내뿜고 있었다. 시간이 조금 흐른 뒤에 내가 "배우들은 왜 다들 *머리Hair*를 그렇게 길게 기르고 다니지?"라고 말했다. 캐리가 바로 "아니에요. *헤어 씨Mr. Hare*는 *머리Hair*가 길지 않아요."라고 말했다. 모두가 폭소를 터뜨리는 가운데 혼자만 웃지 않던 포셀톤이 다소 잘난 체하는 투로 "푸터 부인, 제가 전에 그런 농담을 듣지 않았다면 정말 타이밍 좋은 멋진 농담이었을 겁니다."라고 말했다. 그의 말에 다소 모욕감을 느낀 내가 "포셀톤 씨, 제 생각에는……."라고 말하려는

데, 그가 이렇게 말하며 내 말을 막았다. "부탁인데 '버윈 포셀톤'으로 불러 주세요." 그 말을 듣고 나는 할 말을 잃었다. 식사 시간에 버윈 포셀톤이 어빙 말투를 흉내 내며 또다시 대화를 독점했다. 결국, 캐리와 나는 누군가가 어빙을 우려먹어도 너무 우려먹는다는 결론에 도달했다. 저녁 식사 후 버윈 포셀톤의 어빙 흉내는 도가 지나쳤다. 갑자기 고잉의 코트 깃을 움켜잡은 그가 실수로 고잉의 목에 엄지손가락으로 상처를 내서 살점이 떨어져 나갔다. 당연히 고잉은 괴로워했지만 패쥐는, 그는 안락한 의자를 빼앗길까 봐 근사한 저녁 식사도 거절했었다, 그 불운한 사고에 발작하듯 웃음을 터뜨렸다. 나는 패쥐의 행동에 몹시 기분이 언짢았다. 그래서 내가 "실수로 고잉의 눈알이 빠졌어도 웃을 분이시군요?"라고 말했다. 그 말에 패쥐는 "맞아요."라고 대답하며 전보다 더 크게 웃음을 터뜨렸다. 가장 놀라웠던 것은 이날 모임이 끝나고 헤어질 때 했던 버윈 포셀톤의 말이었던 것 같다. 그는 "푸터 씨, 안녕히 계세요. 제 흉내 내기가 즐거우셨다니 기쁩니다. 내일 저녁 또 다른 흉내 거리를 가지고 찾아뵐게요."라고 말했다.

11월 24일. 손수건을 챙기지 않고 회사에 갔다. 지난주만 해도 두 번이나 그랬다. 기억력이 나빠지고 있는 게 분명하다. 데이지 머틀러 양 문제만 아니라면 버윈 포셀톤에게 편지를 써서 오늘 저녁에는 외출해야 한다고 말하겠지만, 그 녀석은 어떻게든 올 인간이다.

나의 좋은 친구 커밍스가 저녁에 찾아왔다. 하지만 고잉은 참석하지 못해 미안하다는 편지를 보내서 약간 의아했다. 여전히 목이 아프다는 말도 덧붙였다. 물론 버윈 포셀톤도 왔지만 루핀은 나타나지 않았다. 고잉도 없는데 패쥐 씨가 찾아왔을 때 내 기분이 얼마나 역겨웠을지 상상해 보시라. 몹시 짜증이 났던 내가 "패쥐 씨, 참 뜻밖이네요."라고 말했다. 그러자 불화의 조짐을 느낀 나의 사랑 캐리가 "아, 내 생각에 패쥐 씨는 딴 것보다 어빙 흉내를 보고 싶어서 오신 거겠죠."라고 말했다. 패쥐는 "맞아요."라고 말한 뒤 가장 좋은 자리를 차지하고 저녁 내내 한 발짝도 움직이지 않았다.

나의 유일한 위안은 그가 저녁 식사를 축내지 않아서 돈이 들지 않는 손님이라는 것이다. 하지만 그 문제에 대해 고잉에게 얘기할 생각이다. 어빙 흉내 내기와 그 이야기가 저녁 시간을 독차지해 버려서 나는 이제 지겹다. 얼마 지나지 않아 우리는 침 튀기는 갑론을박에 빠졌다. 커밍스가 버윈 포셀톤의 어빙 연기가 어빙의 수준을 뛰어넘어, 그의 생각에, 모든 면에서 버윈 포셀톤이 더 나은 것 같다고 말하면서 시작되었다. 감히 나는, 결국 그건 원작에 대한 모작일 뿐이라고 말해 버렸다.

하지만 커밍스는 어떤 모작은 분명 원작보다 뛰어나다고
말했다. 나는 내가 생각해도 기발한 말을 했다. "원작이 없
으면 모작도 있을 수 없지." 버윈 포셀톤이 아주 버릇없게
"제발 제가 있는 자리에서 제 말은 삼가세요. 그리고 푸터
씨, 적어도 자신이 무슨 말을 하는지는 알고 말씀해 주시기
바랍니다."라고 말했다. 그 말에 저 비열한 인간 패쥐가 "맞
아요."라고 했다. 이 말 한마디로 갑자기 불편해진 분위기를
사랑하는 나의 아내 캐리가 한 방에 날려 버렸다. "그럼 난
엘런 테리44)가 될 거야." 그리 대단하지 않은 아내 캐리의
매우 즉흥적이고 우스운 이 농담으로 토론은 그냥 끝나버렸
다. 그들이 집으로 돌아가려 할 때, 내가 아주 날카로운 말
투로 버윈 포셀톤과 패쥐 씨에게 내일 다시 만나서 얘기하
자고 했다.

11월 25일. 포셀톤으로부터 어제저녁 있었던 어빙 토론에
대해 장문의 편지를 받았다. 나는 무척 화가 나서 연극에 대
해 아는 바가 없을 뿐만 아니라 관심 또한 아예 없으니, 그
때문에 우정에 금이 가는 일에 휘말리고 싶지 않다는 편지
를 써서 보냈다. 그렇게 단호한 마음을 표현한 편지는 처음
써 본다.

토요일 오후, 평소와 같은 귀가 시간에 아치웨이 근처에
서 데이지 머틀러 양을 만났다. 심장이 뛰었다. 나는 다소

뻣뻣하게 인사를 건넸다. 하지만 그녀는 못 본 체했다. 저녁에 세탁소 아주머니가 짝짝이 양말을 가지고 와서 짜증이 났다. 세라는 양말 두 켤레를 보냈다고 했고, 세탁소 아주머니는 한 켤레 반을 받았다고 했다. 캐리에게 말했더니, 그녀는 다소 퉁명스럽게 "그녀와 얘기하는 건 넌더리가 나요. 당신이 직접 얘기하는 게 나을 거예요. 구제불능이거든요."라고 말했다. 내가 얘기했지만, 세탁소 아주머니는 양말 한 켤레만 받았다고 분명하게 말했다.

그때 안으로 들어온 고잉이 무례하게도 이 대화를 듣고 참견했다. "여보게, 짝짝이 양말을 버리지는 말게. 적선하는 셈 치고 불쌍한 외다리에게 주게나." 세탁소 아주머니가 멍청이처럼 낄낄거리고 웃었다. 정나미가 떨어진 나는 단추가 떨어져 나간 셔츠 뒷부분의 옷깃을 고정하려고 위층으로 걸어 올라갔다.

응접실 쪽으로 고개를 돌렸더니 고잉이 짝짝이 양말로 멍청한 농담을 팔아먹고 있었고, 이 농담에 캐리가 폭소를 터뜨렸다. 나의 유머감각이 시들어가는 건 아닌지 의심스럽다. 패쥐 씨에 대한 나의 솔직한 마음을 표현했다. 고잉은 그전에 패쥐를 딱 한 번 만났을 뿐이라고 했다. 패쥐를 친구에게 소개받은 고잉은 그가 저녁을 '샀기' 때문에 그에 대한 답례로 그를 데려왔던 것이다. 맹세컨대 고잉의 시원시원함은 모든 믿음을 능가한다. 내가 막 대답을 하려고 할 때 루핀이 들어왔다. 불행하게도 고잉이 데이지 머틀러 양의 안부를 물었다. 루핀이 "선생님, 남의 일에 신경 *끄세요!*"라고 고함을 지르고는 거칠게 문을 닫고 방을 나갔다. 그날 저녁 남은 시간은 데이지 머틀러, 데이지 머틀러, 데이지 머틀러 였다. 이것 참!

11월 26일. 일요일. 오늘, 부목사의 설교가 너무 좋았다. 정말 멋진 설교였다. 외모가 우리의 오랜 친구 교구 목사만큼 인상적이지는 않았지만, 그의 설교는 무척 인상적이었다고 말할 수 있을 것 같다. 다소 짜증나는 사건이 발생했다. 이에 대해 언급하지 않을 수 없다. 캠던 가의 대 저택에 사는 거대한 몸집의 펀로쎄 부인이 예배를 마치고 교회를 나가면서 나에게 말을 걸었다. 그녀가 굉장한 부호였기 때문에 나는 우쭐함을 느꼈다. 항상 신도석의 구석 자리를 독차지하던 그녀는 헌금 접시를 돌리는 내 모습을 자주 보았고, 그 때문에 나를 알게 된 것 같다. 펀로쎄 부인은 영향력이 큰 사람이라, 나는 부인이 아주 중요한 말을 할 것으로 생각했다. 하지만 재수 없게도 부인이 말을 시작했을 때 한줄기 강한 돌풍이 불면서 내 모자가 도로 중앙으로 날아가 버렸다.

모자를 따라가야만 했지만, 모자를 다시 잡는 것은 대단히 어려운 일이었다. 겨우 모자를 잡았을 때, 펀로쎄 부인은 상류층 친구 몇 명과 함께 걸어가고 있었다. 나는 모자가 진흙으로 더러워져서 그녀에게 다가갈 수 없다고 생각했다. 실망감은 이루 말로 할 수 없다.

저녁에 (공교롭게도 일요일 저녁에) 버윈 포셸톤으로부터 다음과 같은 무례한 편지를 받았다.

친애하는 푸터 씨. 지금 당신이 20년이나 30년 정도 젊은 옛날의 당신이라고 해도—그렇지 않다는 것이 이 작은 세상의 축소판에 좀 더 많은 일들과 방식들을 기록해 둬야만 하는 충분한 이유겠지만—당신의 삶의 수레바퀴가 이 글을 쓰는 비천한 이의 삶의 수레바퀴 보다 빨리 돌아가지 않을 수도 있다는 생각이 듭니다. 사람들은 과거 초기의 자전거가 '느려터진 마차'를 따라잡는다고 말하죠.

제 말이 이해가 되시는지요?

그렇다면 아주 좋습니다. 푸터 씨, 죄송한 말이지만 '현자에게는 이런 말이 필요 없다는 것'을 알아주시기 바랍니다. 당신이 도전했다는 것을 기억하기에, 그리고 제가 정신적으로나 육체적으로나 '겁쟁이'가 될 수 없기에, 당신의 패배를 인정하시고 품위 있게 채찍을 받으십시오.

각설하고 본론으로 들어가죠.

우리의 삶은 각자 다른 리듬 속에서 굴러갑니다. 저는 나의 예술, 즉 무대를 위해서 삽니다. 당신의 삶은 장사, 그러니까 '회계 원장에 갇힌 삶'이죠. 나의 장부는 다른 금속들로 되어 있습니다. 런던에서의 당신 삶은 고결하죠. 인정합니다. 하지만 얼마나 다른 가요! 진정 당신은 우리 사이에 놓인 저 대양을 볼 수 없단 말입니까? 우리의 지적 능력의 화합을 막는 저 해협. 아! 하지만 사람의 기호는 천차만별이죠.

전 명예의 계단을 오르기로 맹세했습니다. 엉금엉금 길지도, 미끄러질지도, 어쩌면 비틀거릴지도(우리는 모두 약하므로) 모르지만 전 사다리의 마지막 계단에 도착하고야 말 겁니다. 그곳에서 저의 목소리가 들려올 겁니다. 왜냐하면 군중에게 이렇게 소리칠 것이기 때문이죠. '이겼노라!' 지금은 일개 아마추어일 뿐이고, 나의 작품은 아는 사람이 없고, 정말 그렇죠, 여기저기 적들로 둘러 싸여 있으니까요.

하지만 푸터 씨, 하나만 물어보겠습니다. '아마추어와 프로의 차이점이 무엇입니까?'

없습니다!

가만있어 보자! 그래, 차이점이 하나 있군요. 아마추어가 돈을 받지 않고 기교 있게 하는 것을 프로는 돈을 받고 하는군요!

하지만 저 또한 돈을 받을 겁니다. 내 가족과 친구들의 바람과 달리 결국 무대를 직업으로 선택했으니까요. 희극의 열풍이 끝나면—기억해 두세요. 곧 그때가 옵니다—저의 능력이 만천하에 알려질 겁니다. 왜냐하면—지금의 내 자만심을 용서하세요—세상 어디에도 꼽추 리차드[45]를 나만큼 잘 느끼고, 잘 알고, 잘 연기할 수 있는 사람은 없으니까요.

그러면 나를 찾아와 미리를 조아리며 굴복하는 첫 번째 사람이 당신일 겁니다. 많은 것을 이해하는 당신이지만, 연기 예술에 대한 지식은 당신에게는 무지의 세상입니다.

우리의 토론이 이 편지로 끝나길 기도해 봅니다. 안녕히 계십시오.

이만 줄이겠습니다.

버윈 포셀톤.

속이 메스꺼웠다. 루핀이 들어왔을 때 그에게 편지를 건네며 "아들아, 이 편지를 보면 네 친구의 진짜 모습을 알 수 있을 거란다."라고 말했다.

놀랍게도 루핀은 "아, 그래요. 포셀톤이 편지를 보내기 전에 이미 저에게 보여 줬어요. 그의 말이 맞는 것 같아요. 아버지가 사과하세요."라고 말했다.

12

내 일기장의 용도와 가치에 대한 심각한 토론. 크리스마스에 대한 루핀의 생각. 루핀의 불행한 약혼이 다시 시작되다.

12월 17일. 휘갈겨 쓴 일기장을 펼쳤더니 '옥스퍼드 가을 학기가 끝났다'란 글귀가 나왔다. 이 글귀가 왜 나를 회상에 젖게 하는지 모르겠지만, 어쨌든 나는 회상에 잠겼다. 일기장의 마지막 몇 주는 그다지 흥미롭지가 않았다. 데이지 머틀러 양과의 약혼 파기로 루핀은 딴 사람이 되었고, 캐리는 다소 맥 빠진 동료가 되어 버렸다. 지난 일요일 캐리의 기분이 가라앉은 것을 보고, 나는 일기장에서 몇 가지 내용을 추려 그녀에게 읽어 주면 기분이 좀 나아질 거라고 생각했다. 하지만 캐리는 내가 일기를 읽는 중간에 말 한 마디 없이 방을 나가버렸다. 그녀가 돌아왔을 때 내가 "여보, 내 일기가 지루해?"라고 물어보았다.

놀랍게도 그녀는 "여보, 사실 전 당신 얘기를 듣고 있지 않았어요. 세탁소 아주머니에게 할 말이 있어서 나갔어요. 아주머니가 물에다 뭔가를 잘못 넣어서 루핀의 원색 셔츠 두 벌이 탈색됐거든요. 루핀은 그 옷들을 입지 않겠대요."라고 대답했다.

나는 "모든 게 다 루핀이군. 루핀, 루핀, 루핀. 어제 입은 셔츠에 단추가 하나 없었지만, 나는 불평 한 마디 하지 않았어."라고 말했다.

캐리가 무심하게 대답했다. "그러지 말고 당신도 다른 사람들처럼 입어요. 장식용 금속 단추를 달라고요. 사실 당신 말고 셔츠에 일반 단추를 달고 다니는 사람은 본 적이 없어요."

나는 "어제는 분명 아무것도 달지 않았지. 아무것도 달린 것이 없었으니까."라고 말했다.

문득, 요즘 고잉이 좀처럼 저녁에 집에 들르지 않는다는 것과 커밍스도 마찬가지라는 생각이 들었다. 루핀과 사이가 틀어진 건 아닐까 걱정된다.

12월 18일. 어제는 회상에 젖었는데 오늘은 다가올 미래를 생각한다. 오직 구름, 구름, 구름밖에 보이지 않는다. 루핀은 데이지 머틀러 양의 일에 대해서만은 참기 어려운 녀석이다. 무엇이 약혼 파기의 원인인지 도대체 말을 하려 하지 않는다. 분명 그도 그녀의 행동을 비난하고 있지만, 우리가 그의 말에 동조해서 험담이라도 하면 그는 그런 우리의 말을 한 마디도 들으려 하지 않는다. 그러면 어느 누군들 뭘 해 줄 수 있겠는가? 나를 실망시키는 또 하나는 캐리와 루핀이 내 일기장에 무관심하다는 것이다.

오늘 아침 식사 자리에서 이 문제를 끄집어냈다. 내가 "혹시 내게 무슨 일이 생겼을 때, 이 일기장이 두 사람에게 끝없는 즐거움이 되길 바라. 출판해서 금전적인 보상이 생기는 건 말할 것도 없고."라고 말했다.

캐리와 루핀이 웃음을 터뜨렸다. 캐리는 웃어서 미안하다는 듯 "사랑하는 찰리, 무례하게 대할 생각은 없었어요. 하지만 당신 일기는 출판업자가 좋아할 만큼 대중을 흥미롭게 한다고 생각하지 않아요."라고 말했다.

나는 "아니야, 분명 최근에 출판된 우스꽝스러운 추억담만큼이나 흥미로워. 게다가, 사람을 만드는 것이 일기잖아. 그들의 일기가 없었다면 애벌린[46]과 페프스[47] 같은 사람이 있기나 했겠어?"라고 말했다.

캐리가 나에게 진정한 철학자 같다고 말했지만, 루핀은 조롱하는 투로 "주인장, 좀 더 큰 종이에 썼더라면 버터 장수에게는 제값을 받을 수 있을 텐데, 안타깝네요."라고 했다.

다가올 미래를 생각하는 나는, 올해 말에는 일기의 완성을 볼 수 있으리라 다짐해 본다.

12월 19일. 장모님과 보내게 될 성탄절 연례 초대장이 도착했다. 우리가 매년 애타게 기다리는 가족 축제다. 루핀이 참석을 거절했다. 그의 거절에 깜짝 놀란 나는 그 놀라움과 불편한 심기를 드러냈다. 그러자 루핀은 급진주의자 같은 말로 우리를 꼼짝 못하게 했다. "성탄절 가족 모임은 정말 싫어요. 그게 무슨 의미가 있죠? 어떤 사람은 이렇게 말하죠. '아아, 작년에 이 자리에 있었던 불쌍한 제임스 삼촌이 그립네요.' 그리고 모두가 눈물을 글썽이죠. 또 어떤 사람은 이렇게 말합니다. '늘 이 구석 자리에 앉아 있던 불쌍한 리즈 이모가 없는지도 2년이 됐어요.' 그럼 우리 모두는 또 눈물을 글썽이죠. 또 다른 친척이 말합니다. '아아, 다음 차례는 누가 될지 궁금하네요.' 그러면 우리는 또 눈물을 글썽이고, 식사를 하고, 많은 술을 마시죠. 그리고 그들은 식사 자리에 열세 시간이나 앉아 있었다는 것을 제가 자리에서 일어나는 모습을 보고서야 알게 되죠."

12월 20일. 스트랜드에 있는 스멀크산즈 포목점에 들렀다. 가게는 모든 것을 빼버리고 전체를 크리스마스카드로 채웠다. 가게 안은 사람들로 붐볐다. 다소 거칠게 크리스마스카드를 들춰보던 사람들은 카드를 자세히 보지도 않고 다시 던져버렸다. 내가 젊은 직원 중 한 명에게 손님들이 아주 부주의하다고 말하려던 찰나, 나의 두꺼운 코트 자락이 박스 안의 층층이 쌓아 둔 고가의 카드 더미에 걸리면서 그것들이 아래로 떨어져 버렸다. 매장 관리자가 짜증난다는 표정을 지으며 나오더니 땅에 떨어진 몇 장의 카드를 집어 들고, 나에게 곁눈질을 하며, 매장 직원 중 한 명에게 이렇게 말했다. "이 카드들을 6펜스짜리 물건들 쪽에다 갖다 놔. 이제 1실링에도 팔리지 않을 테니까." 결과적으로 나는 이 상처 입은 카드 중 몇 장을 사야만 한다는 의무감에 시달렸다.

나는 더 많은 카드를 사느라 원래 계획했던 것보다 더 많은 돈을 지불해야만 했다. 불행하게도 모든 카드를 자세히 들춰보지 않았던 나는, 집으로 돌아와서 돼지 같은 간호사가 백인 아기와 흑인 아기를 안고 있는 그림이 그려진 조잡한 카드 한 장을 발견했다. 거기에는 이런 문구가 적혀 있다. '아빠, 즐거운 크리스마스 되세요.' 나는 그 카드를 찢어버렸다. 캐리는 사교계에 나가 친구가 늘어났을 때 가장 안 좋은 점은, 올해 거의 스물네 장의 카드를 보내야만 한다는 것이라고 말했다.

12월 21일. 우리는 집배원이 끔찍한 크리스마스를 보내지 않도록 사심 없는 사람들의 본보기에 따라 카드를 일찍 보냈다. 저녁에 사느라 대부분의 카드에 손자국이 묻어 있는 것을 알아차리지 못 했다. 다음에는 낮에 카드를 사야겠다. 루핀은 (그날 이후 줄곧 주식 중개인과 약속이 있었는데, 거래가 아주 양심적이지는 않은 것 같다) 카드 뒷면에 연필로 적힌 가격 표시를 절대 지우지 말라고 했다. 내가 그 이유를 물어보았다. 루핀은 "카드에 9펜스라는 표시가 돼 있다고 쳐요. 그럼 연필로 9펜스 앞에 길게 위에서 아래로 3만 내리갈기면 사람들은 카드 가격을 아버지가 산 가격의 다섯 배로 알 거예요."라고 대답했다.

루핀이 저녁에 무척 풀이 죽어 있어서, 그에게 구름 뒤에는 태양이 밝게 빛나고 있다는 진리를 상기시켜 주었다. 루핀은 "에휴! 태양은 한 번도 나를 밝게 비추지 않았어요."라고 말했다. 나는 "루핀, 그런 말 마라. 데이지 머틀러 양 문제로 걱정하고 있지. 그녀 생각은 이제 그만해. 차라리 아주 나쁜 거래에서 빠져나온 걸 축하 하렴. 그녀의 사고는 우리의 소박하고 검소한 취향과는 맞지 않아."라고 말했다. 그가 벌떡 일어나더니 "전 그녀에 대해 나쁘게 얘기하는 어떤 말도 용납할 수 없어요. 그녀는 아버지의 친구들을 다 모아 놓은 것보다 더 가치 있죠. 그 우쭐거리고 비탈진 머리를 한 퍼굽 씨를 포함해서."라고 말했다. 나는 분노를 참으며 말없이 그 방을 나오다 매트에 발이 걸렸다.

12월 23일. 이날 아침 나는 루핀과 말 한마디 섞지 않았다. 하지만 루핀은 저녁에 생기가 넘쳐 보였다. 그래서 크리스마스를 어디에서 보낼 거냐고 감히 내가 물어보았다. 그는 "아, 아마도 데이지 머틀러 집에서 보낼 것 같아요."라고 말했다.

내가 의아해하며 "뭐라고? 약혼이 파기된 이 마당에?"라고 물었다.

루핀은 "누가 그래요. 우리 약혼이 파기되었다고?" 하고 말했다.

나는 "네가 넌지시 그렇게 말했잖니."라고 말했다.

그가 내 말을 막으며 "글쎄요. 제가 하는 말 귀담아듣지 마세요. 다시 머틀러를 만나요, 거 봐요."라고 말했다.

13

모욕적인 크리스마스카드를 받았다. 우리는 장모님 댁에서 유쾌한 크리스마스를 보냈다. 모스 군은 너무 제멋대로다. 떠들썩한 저녁, 나는 어둠 속에 갇혀 있다. 머틀러 양의 부모님으로부터 루핀에 관한 아주 특별한 편지를 받았다. 묵은해를 위한 건배를 놓쳐 버렸다.

12월 24일. 나는 가난한 사람은 아니다. 하지만 거금 10실링을 주고서라도 오늘 아침에 받은 모욕적인 크리스마스카드를 누가 보냈는지 찾고 싶다. 나는 사람들을 모욕한 적이 없다. 왜 나를 모욕하는 거지? 이 사건의 가장 나쁜 점은 이것 때문에 내가 친구들을 의심하게 된다는 것이다. 분명 봉투의 필체를 위장한 것으로 보이는데, 필체의 기울임이 잘못되었다. 고잉이나 커밍스 어느 누구도 이런 비열한 짓을 했을 것으로 생각하지 않는다. 루핀은 전혀 모르는 일이라고 부정했다. 나는 그를 믿는다. 비록 그의 웃음과 가해자를 지지하는 태도가 마음에 들진 않지만. 프랜칭 씨는 그런 일을 할 위인이 절대 못 된다. 머틀러 가 사람들도 그런 짓을 할 만큼 전락했다고 생각하지 않는다. 그렇다면 그 소갈머리 없는 직원 피트, 그가 그랬을까? 아니면 파출부 비렐 부인? 아니면 버윈 포셀톤? 글의 수준으로 보아 비렐 부인은 아닌 것 같다.

12월 25일. 크리스마스 당일. 우리는 패딩턴에서 열 시 20분 기차를 타고 장모님 댁으로 가서 유쾌한 크리스마스를 보냈다. 질척거리는 길이었지만, 시골은 아주 멋지고 쾌적한 곳이었다. 우리는 낮에 식사를 하며 지난 일들을 얘기했다. 내가 그런 것처럼 모든 사람에게, 친절하고 '참견하지 않는' 장모님이 있다면 정말 행복한 세상이 되지 않을까. 모두가 기분 좋은 상태에서 나는 장모님의 건강을 빌며, 내가 생각하기에, 멋진 연설을 했다.

나는 "오늘 같은 날은—친척이든, 친구든, 단지 안면이 있는 사람이든—모두가 서로에게 좋은 감정으로 고무됩니다. 우리의 마음은 하나가 되어 사랑과 우정만 생각합니다. 지금 이 자리에 없는 친구와 말다툼을 하신 분은 그에게 사랑의 키스를 하고 그와 화해를 하십시오. 불편하게 사이가 틀어진 사람도 같은 키스를 하시면 됩니다."라고 말하며 아주 깔끔하게 연설을 마무리 지었다.

나는 캐리와 장모님의 눈에서 눈물을 보았다. 그 찬사에 힘입은 나는 무척 우쭐해지는 걸 느꼈다. 나의 오랜 친구 존 팬즈 스미스 목사는, 우리는 그 앞에서 결혼식을 올렸다, 아주 흥겹고 재미있는 연설을 했다. 그리고 그는 나의 키스 제안에 따라 행동해야 한다고 말했다. 그는 테이블을 돌며 모든 숙녀분들에게, 캐리를 포함해서, 키스를 했다. 당연히 반대하는 사람은 아무도 없었다. 하지만 모스라는 젊은 친구가, 초면인 데다 저녁 식사 내내 말 한마디 하지 않았다, 미슬토[48] 잔가지 하나를 들고 자리에서 벌떡 일어나더니 "보세요. 우리도 목사님처럼 서로에게 키스를 하는 게 맞지 않을까요?"라고 소리쳐서 나를 깜짝 놀라게 했다. 그 젊은 녀석이 무슨 짓을 할지 감도 잡기 전에, 그가 캐리와 나머지 모든 숙녀에게 키스를 했다.

다행히 사람들은 이 일을 장난으로 받아들이며 웃어넘겼다. 하지만 그건 위험한 실험이었고, 그 결과에 나는 잠시 마음이 불편했다. 나중에 이 사건에 대해 캐리에게 얘기했더니, 캐리는 "아, 그냥 어린 남자아이일 뿐이잖아요."라고 말했다. 나는 남자아이치고는 콧수염이 아주 길더라고 말했다. 캐리는 "그가 멋진 남자아이가 아니라고 말한 적은 없어요."라고 말했다.

12월 26일. 지난밤 잠을 제대로 이루지 못 했다. 낯선 침대에서는 잠을 잘 못 잔다. 그리고 약간의 소화 불량이 느껴진다. 다들 이맘때면 그럴 것으로 생각한다. 캐리와 나는 저녁에 집으로 돌아왔다. 루핀은 늦게 귀가했다. 그는 크리스마스를 잘 보냈다고 하며 이런 말을 덧붙였다. "전 지금 로더 아케이드[49]의 바이올린처럼 아주 기분이 좋아요. 그리고 '현금'만 좀 더 있다면 5백 파운드 하는 스트라디바리우스 바이올린만큼이나 기분이 좋을 거예요."[50] 나는 루핀이 쓰는 은어가 무슨 뜻인지 이해하려고 하거나 그에게 그게 무슨 뜻인지 설명해 줄 것을 요청하는 시도를 포기한 지 오래다.

12월 27일. 내일 저녁 고잉과 커밍스가 차분한 게임을 즐기기 위해 집에 들를 거라고 루핀에게 말했다. 루핀이 자발적으로 집에 남아 그들을 즐겁게 해 주기를 바라는 마음에서였다. 루핀은 그러기는커녕 "어! 친구분들 오지 못하게 하세요. 데이지와 프랭크 머틀러가 오기로 했거든요."라고 말했다. 나는 그렇게 못하겠다고 했다. 루핀은 "그러면 제가 데이지한테 오지 말라고 전보를 보내죠."라고 말했다. 나는 우편이나 편지도 충분히 제때 도착할 수 있고, 사치스럽지도 않다고 제안했다.

우리의 대화를 들은 캐리가, 누가 봐도 짜증이 난 표정으로, 루핀에게 아주 적절한 질타를 날렸다. 그녀는 "루핀, 너는 왜 데이지 양이 아버지의 친구분들 만나는 것에 반대하는 거니? 그들이 데이지 양의 격에 맞지 않아서 그런 거니, 아니면 (이것도 가능한 이유다) 데이지 양이 그들 격에 맞지 않아서 그런 거니?"라고 말했다. 루핀은 말문이 막혀 아무 대답도 못 했다. 루핀이 방을 나간 후 나는 캐리에게 동조의 키스를 했다.

12월 28일. 루핀이 아침 식사를 하려고 내려와서 캐리에게 "데이지와 프랭크의 방문을 미루지 않았어요. 오늘 저녁 고잉 씨, 커밍스 씨와 함께 할 거예요."라고 말했다. 나는 무척 기뻤다. 캐리는 "제때 알려 줘서 고맙구나. 식힌 양고기 다리를 뒤집은 다음 약간의 파슬리를 입히면, 누구도 잘린 부분을 눈치 채지 못할 거야."라고 대답했다. 또 그녀는 저녁에 방문객이 추울 수도 있다며 몇 개의 커스터드를 만들고 피핀 사과를 끓일 거라고 말했다.

루핀이 기분 좋은 것을 보고 그에게 정말 고잉과 커밍스를 개인적으로 싫어하느냐고 물어보았다. 그는 "전혀 그렇지 않아요. 제 생각에 커밍스 씨는 약간 당나귀같이 생겼어요. 하지만 그건 그가 3실링 61펜스짜리 모자와 낡은 프록코트를 입고 다니기 때문이죠. 그리고 항상 갈색 면벨벳 재

킷을 입는 고잉 씨는 참, 떠돌이 사진사를 닮았어요."라고
말했다.

나는 루핀에게 신사를 만드는 건 옷이 아니라고 말해 주
었다. 루핀이 웃으며 "맞아요. 자신의 코트를 직접 만들어
입는 사람은 대단한 신사라고 할 수 없죠."라고 대답했다.

저녁 식사 시간, 우리는 꽤 즐거웠다. 초저녁에 데이지 양
이 노래를 부를 때만 해도 그녀의 행동은 아주 '적절'했다.
하지만 그녀는 "빵으로 네모난 팽이 만들 줄 아세요?"라고
묻더니, 빵 조각을 둘둘 말아서 테이블 위에 놓고는 그걸 동
그랗게 비틀었다. 나쁜 행동이라고 생각하면서도 당연히 나
는 아무 말도 하지 않았다. 곧이어 데이지와 루핀이, 정나미
떨어지게도, 알약처럼 만든 빵을 서로에게 던지기 시작했
다. 프랭크도 따라 했고, 놀랍게도 커밍스와 고잉도 이 짓을
따라 했다. 그들이 던진 딱딱한 빵 껍질 중 하나를 이마에
맞은 나는 놀라서 눈을 깜빡여야 했다. 나는 "침착하세요,
제발 침착하세요."라고 말했다. 그러자 프랭크가 자리에서
벌떡 일어나 "쿵, 쿵. 밴드가 연주를 했어요."라고 말했다.

나는 그게 무슨 뜻인지 알지 못했지만, 그들 모두는 폭소
를 터뜨렸고 빵 전투도 계속됐다. 갑자기 식힌 양고기에서
파슬리를 움켜잡은 고잉이 그걸 떼 있는 힘껏 내 얼굴을
향해 던졌다. 나는 눈을 치켜뜨고 고잉을 노려보았다. 그러
자 고잉이 이렇게 말했다. "내가 말하는데, 머리카락이 파슬

리로 덮여 있을 때는 무척 화가 나 보이려고 애써도 소용없어." 테이블에서 일어난 나는 이 못난 짓을 당장 멈춰야 한다고 주장했다. 프랭크 머틀러가 "신사 숙녀 여러분, 이제 시간이 됐습니다."라고 소리치고는 응접실의 불을 꺼버려서 우리는 칠흑 같은 어둠 속에 남겨졌다.

내가 어둠 속을 더듬으며 방을 나가려는데, 갑자기 누군가가 의도적으로 내 뒤통수를 때렸다. 나는 큰 소리로 "누구야?" 하고 소리쳤다. 아무런 대답이 없어서 같은 질문을 반복했다. 여전히 아무런 대답이 없었다. 성냥을 켜서 가스등에 불을 밝혔다. 모두가 얘기를 나누며 웃고 있어서 나는 아무 말 없이 잠자코 있었다. 하지만 나는 그들이 집으로 돌아간 후 캐리에게 "크리스마스에 그 모욕적인 카드를 보낸 놈이 오늘 저녁 여기에 있었어."라고 말했다.

12월 29일. 어젯밤 정말 생생한 꿈을 꿨다. 잠에서 깼다 다시 잠에 빠지며 정확하게 똑같은 꿈을 반복해서 꿨다. 꿈 속에서 프랭크 머틀러가, 나에게 치욕적인 크리스마스카드를 보낸 사람도 지난밤 어둠 속에서 내 뒤통수를 때린 사람도 자기라며, 여동생에게 얘기하고 있었다. 공교롭게도 아침 식사 자리에서 루핀이 프랭크 머틀러에게서 온 편지를 읽고 있었다.

글씨체를 비교해 보려고 루핀에게 편지 봉투를 달라고 했다. 나는 루핀에게 받은 봉투와 크리스마스카드 봉투 모서리를 자세히 관찰했다. 속이려는 시도에도 불구하고 나는 글씨체가 비슷한 걸 알아냈다. 이걸 캐리에게 보여 줬더니, 그녀가 웃기 시작했다. 내가 뭐가 우스우냐고 물었더니, 내게 온 카드가 아니라고 했다. *찰리 푸터L. Pooter*가 아니라 *루핀 푸터L. Pooter*였다. 루핀에게 카드와 주소를 보라고 했다. 그가 웃으며 이렇게 소리쳤다. "맞네요, 주인장. 저에게 온 거예요." 나는 그에게 "모욕적인 크리스마스카드를 받는 버릇이라도 있는 거니?" 하고 물었다. 루핀은 "그래요. 그런 걸 보내는 버릇도 있어요."라고 대답했다.

저녁에 고잉이 집에 들러서 지난밤 정말 즐거웠다고 말했다. 오랜 친구인 그에게 어제 있었던 그 사악한 뒤통수 사건을 털어놓았다. 그가 폭소를 터뜨리며 "아, 그게 자네 머리였나? 실수로 뭔가를 때렸는데 그냥 벽돌인 줄 알았지."라고 말했다. 나는 몸도 마음도 아팠다고 말했다.

12월 30일. 루핀은 온종일 머틀러 집안사람들과 시간을 보냈다. 저녁에 상당히 기분이 좋은 것 같아서 내가 "루핀, 네가 행복한 걸 보니 나도 기쁘구나."라고 말했다. 그가 "음…. 데이지는 멋진 여자예요. 하지만 그녀의 늙고 바보 같은 아버지의 콧대는 좀 꺾어 줘야만 했어요. 담배에 대해 쩨쩨하게 굴고, 술에 대해서도 아주 엄격하고, 잠시 방을 나가더라도 불을 꺼야 하고, 편지도 종이 반쪽만 사용해야 하고, 남은 비누도 새 비누에 포개서 써야 하고, 난로 옆에 벽돌은 두 개만 놓고, 주로 반 페니짜리 물건만 사서 쓰는 그런 습관들……. 부득이하게 그분이 나와 같은 생각을 갖도록 할 수밖에 없었어요."라고 말했다. 나는 "루핀, 정말 어린아이 같구나. 그 일에 대해 후회하지 않기를 바란다."라고 말했다.

12월 31일. 묵은해의 마지막 날이다. 데이지 머틀러 양의 부모님으로부터 특별한 편지를 받았다.

친애하는 선생님.

지난 오랜 시간, 저는 이 중요한 질문을 해야 할지 말아야 할지 많이 고민했습니다. '누가 이 집의 가장인가? 나인가 아니면 당신의 아들 루핀인가?' 제 말을 믿어 주세요. 전 어떠한 편견도 가지고 있지 않습니다. 하지만, 저도 정말 싫지만 제가 이 집의 가장이란 취지에서 이런 판단을 내릴 수밖에 없었습니다. 상황을 고려해 봤을 때, 당신의 아들을 다시는 집에 오지 못하게 하는 것이 제 의무라고 생각합니다. 영광스럽게도 제가 아는 분들 중 가장 겸손하고, 가식 없고, 신사다운 당신의 가족을 떼어버리는 것 같아 안타깝습니다.

한 해의 마지막을 불쾌하게 마무리 짓고 싶지 않았던 나는 이 편지에 대해 캐리와 루핀 어느 누구에게도 말하지 않았다.

전에 없던 끔찍한 안개가 꼈고, 루핀은 나가려고 했다. 대신 그는 송년 건배 자리―우리가 항상 지키는 가족 풍습이다―에 맞춰 돌아오겠다고 약속했다. 밤 열한 시 45분이 되어서도 루핀은 돌아오지 않았고, 안개는 무서울 정도로 짙어졌다. 열두 시가 가까워지자 나는 초조해졌다. 캐리와 나는 위스키를 마시기로 하고 새 병을 땄다. 캐리가 브랜디 냄새가 난다고 했다. 위스키인 줄 알고 있었던 나는 논의의 여지가 없다고 말했다. 루핀이 돌아오지 않아서 분명 짜증이 나 있던 캐리는, 결국 위스키에 대한 얘기를 다시 꺼내며 누구의 말이 맞는지 작은 내기를 하자고 했다. 나는 조금만 맛봐도 알 수 있다고 했다. 어리석고 불필요한 언쟁 때문에 열두 시 15분이 된 걸 알지 못 했다. 지금껏 결혼 생활을 하며 한 번도 새해맞이를 놓친 적이 없다. 두 시 15분이 되어서야 집으로 돌아온 루핀은 짙은 안개 때문에 길을 잃었다고 했다.

14

새해는 기대하지 않은 승진으로 시작했다. 나는 두 개의 멋진 농담을 했다. 봉급이 꽤 올랐다. 투기로 성과를 거둔 루핀이 주식투자를 시작했다. 세라에게 잔소리를 해야만 했다. 고잉의 기이한 행동.

1월 1일. 지난주에 일기를 마무리 지을 생각이었다. 하지만 아주 중요한 사건이 터져서 일기장 마지막 부분에 붙은 백지에다 일기를 좀 더 쓰기로 했다. 한 시 30분을 알리는 시계 소리를 듣고 식사를 하려고 막 사무실을 나가려던 참이었다. 그때 퍼굽 사장으로부터 지금 당장 보자는 메시지를 받았다. 나는 가슴을 두근거리며 극도의 불안감에 휩싸였다.

사무실에 앉아 무언가를 쓰고 있던 퍼굽 사장이 "푸터 씨,

앉게. 앉아서 잠시만 기다리게."라고 말했다.

나는 "아닙니다, 사장님. 그냥 서 있겠습니다."라고 대답했다.

벽난로 선반 위의 시계를 쳐다보았다. 기다린 지 20분밖에 안 됐지만 몇 시간은 지난 것 같았다. 마침내 퍼굽 사장이 자리에서 일어났다.

내가 "별일 아니었으면 좋겠네요, 사장님?" 하고 말했다.

그가 "오, 이 사람. 그 반대일세."라고 말했다. 아! 얼마나 안심이 되던지. 가슴에서 무거운 쇳덩이가 빠져나가며 바로 호흡이 정상으로 돌아오는 것 같았다.

퍼굽 사장은 "버클링 씨가 곧 퇴사할 예정이라 사무실에 자리 변동이 좀 있을 걸세. 자네, 우리와 거의 21년을 같이 했지. 그동안 자네의 행동을 보고 판단한 건데 자네를 특별 승진시키기로 했네. 어떤 자리로 승진시킬지는 아직 결정하지 못했네. 어쨌든 상당한 봉급 인상이 있을 걸세. 물론 이런 말까지는 할 필요가 없겠지만 말이야. 두 시에 약속이 있어서 나가봐야 하네. 내일 좀 더 자세하게 얘기해 주겠네."라고 말했다.

그러고는 사장이 급히 사무실을 나가버려서 그에게 감사의 말 한마디 건넬 생각도 못 했고, 그럴 시간조차 없었다. 사랑하는 아내 캐리가 이 기쁜 소식을 어떻게 받아들였을지는 말할 필요도 없다. 그녀는 아주 간단명료하게 "드디어 뒤

편 응접실에 제가 늘 원하던 침니 유리등을 사 놓을 수 있겠군요."라고 말했다. 나는 "그래. 못해도 당신이 싸다며 피터 로빈스 상점에서 봐 두었던 그 작은 의상은 사 입을 수 있겠지."라고 덧붙였다.

1월 2일. 하루 종일 사무실에서 초조하게 보냈다. 퍼굽 사장이 말을 뒤집을 사람은 아니지만, 어제 다시 부르겠다던 그에게서 소식이 없어 직접 찾아가보기로 했다. 문을 두드리고 들어가자 퍼굽 사장이 "아, 푸터 씨, 자네였군. 내게 할 말이라도 있나?"라고 말했다. 나는 "아니요. 어제 절 보자고 하셔서."라고 대답했다. 그러자 그가 "아, 기억나네. 그런데 오늘은 좀 바빠서, 내일 보세."라고 말했다.

1월 3일. 여전히 걱정과 흥분 상태다. 이 감정은, 오늘 사무실에 없을 거라고 퍼굽 사장이 말을 전해왔지만 전혀 가시지 않았다. 저녁에 뚫어지게 신문을 보고 있던 루핀이 갑자기 나에게 "백악갱[51]에 대해 좀 아세요? 주인장." 하고 물었다. 나는 "아니, 아들아. 아는 게 없구나."라고 대답했다. 루핀이 "음, 정보를 좀 드리자면, 백악갱은 콘솔[52]만큼 안전하고 *액면가At Par*에 6%의 순익이 나요."라고 말했다. 나는 "순익이 '*액면가At Par*'의 6%인지는 모르겠지만, 네 *아버지Pa*는 투자할 돈이 없구나."라고 하며 꽤 멋진 농담을 했다. 캐리와 나는 폭소를 터뜨렸다. 나의 의도적인 반복에도 루핀은 농담을 전혀 이해하지 못 했다. 나는 계속해서 "정보를 주자면 그게 다야, 백악갱!"이라고 말했다. 나는 또 다른 농담을 했다. "갱도*Pit*에 빠지지 않도록 신경 써라." 루핀이 거만한 표정을 지으며 "멋지시네요, 조 밀러[53] 씨."라고 말했다.

1월 4일. 퍼굽 사장은 내 직책이 선임 서기가 될 거라고 전했다. 기쁨을 주체할 수 없었다. 퍼굽 사장은 봉급이 얼마가 될지는 내일 알려 주겠다고 덧붙였다. 이건 또 하루를 불안 속에서 보내야 한다는 걸 의미한다. 하지만 이런 종류의 불안은 좋은 불안이기 때문에 신경 쓰지 않는다. 이 일로 머틀러 아버지한테서 받은 편지에 대해 루핀에게 얘기한다는 걸 잊고 있었다는 게 생각났다. 캐리와 먼저 상의한 나는 이날 저녁 루핀에게 그 편지에 대해 얘기했다. 루핀은 마치 자본주의자로 태어난 것처럼 '파이낸셜 신문'에 정신이 팔려 있었다. 내가 "루핀, 잠시 얘기 좀 할까. 어째서 이번 주에는 한 번도 머틀러 양 집에 가지 않는 거니?"라고 물었다.

루핀은 "말했잖아요. 머틀러 아버지는 질색이라고."라고 대답했다.

나는 "머틀러 아버지께서 내게 편지를 보냈다. 그분도 네가 질색이라고 아주 분명하게 말씀하시더구나."라고 말했다.

루핀은 "아버지께 편지를 보내다니 그 뻔뻔함이 참 맘에

드네요. 그럼 난 그 노인네의 아버지가 살아 있는지 확인해 보고, 살아 있으면 그 노인네의 아버지에게 '아들'에 대한 불만을 편지로 몇 자 적어 보내겠어요. 그리고 아주 분명하게 '당신 아들은 바보 멍청이입니다'라고 쓸 겁니다."라고 말했다.

내가 "루핀, 네 엄마 앞에서는 제발 말조심 좀 해라."라고 말했다.

루핀은 "죄송합니다. 하지만 그에 대해 달리 표현할 말이 없네요. 그 집에 다시는 가지 않기로 했어요."라고 말했다.

나는 "루핀, 그가 널 그 집에 오지 못하도록 한 거야, 알겠니."라고 말했다.

루핀은 "글쎄요, 이런 시시한 일로 다툴 필요는 없잖아요. 결국 마찬가진데. 데이지는 멋진 여자예요. 필요하다면 10년이라도 날 기다릴 거예요."라고 말했다.

1월 5일. 오늘 일기는 간신히 적고 있다. 퍼굽 사장은 내 봉급이 1백 파운드 오를 거라고 했다. 나는 실감이 나지 않아서 한참을 입을 떡 벌리고 서 있었다. 매년 봉급이 10파운드 정도 인상되었기 때문에, 이번에도 고작 15파운드나 잘해야 20파운드 정도 오를 거라고 생각했었다. 그런데 1백 파운드라니, 기대를 훨씬 뛰어넘는 인상이었다. 캐리와 나는 이런 행운을 두고 무척 기뻐했다. 저녁에 집으로 돌아온 루핀도 기분이 최고였다. 세라를 식료품점에 보내서 전에 마신 것과 똑같은 '잭슨 프레르' 샴페인 한 병을 사 오라고 했다. 저녁 식사 시간에 샴페인을 따고 루핀에게 "이 자리는 오늘 전해들은 좋은 소식을 기념하기 위한 자리란다."라고 말했다. 루핀이 "정말요, 주인장! 저도 좋은 소식이 있어요. 겹경사네요. 그렇죠?"라고 말했다. 나는 "아들아, 21년 동안 상사 비위 맞추며 일한 대가로 오늘 승진을 했단다. 그리고 봉급도 1백 파운드나 올랐어."라고 말했다.

루핀이 세 번 함성을 질렀고, 우리는 식탁을 미친 듯이 두드렸다. 이 때문에 세라가 무슨 일이라도 일어난 줄 알고 안으로 들어왔다. 루핀이 다시 잔을 채우자고 제안하며 일어서더니 "지난 몇 주간 주식투자회사 잡 클린앤즈에서 상사 눈치 안 보고 일한 결과, 사장님께 정말 괜찮은 종목의 주식 5파운드 상당을 상으로 받았죠. 오늘 그 주식이 올라서 2백 파운드를 벌었어요."라고 말했다. 나는 "루핀, 농담이지?"라고 말했다. 루핀은 "아뇨, 주인장. 모두 사실이에요. 잡 클린앤즈 주식투자회사가 클로라이츠[54]의 정보를 제게 귀띔해 줬거든요."라고 말했다.

1월 21일. 주식투자를 시작한 루핀이 무척 걱정스럽다. 내가 "루핀, 그렇게 지나친 욕심을 부려도 괜찮은 거냐?"라고 말했다. 루핀은 "글쎄요. 누군가는 런던으로 진출해야죠.

그냥 빌린 것뿐이에요. 언제든 그만둘 수 있어요."라고 말했다. 나는 "루핀, 이런 욕심을 부려도 괜찮은 거냐?"라고 하며 질문을 반복했다. 그는 "주인장, 보세요. 이런 말씀드려서 죄송하지만, 아버지는 너무 구닥다리예요. 작은 건 만지작거려 봐도 돈이 안 돼요. 개인적으로 상처를 주려고 드리는 말씀은 아니에요. 사장 말이 그가 주는 정보에 따라 큰 건수에 집중하면 큰돈을 벌 수 있대요."라고 말했다. 나는 투기를 가장 무서운 것으로 생각한다고 그에게 말해 주었다. 루핀은 "투기가 아니에요. 이건 확실한 건수예요."라고 말했다. 나는 아무튼 투기를 그만두라고 충고했다. 그러자 루핀은 "하루에 2백 파운드를 벌었어요. 한 달에 2백 파운드나 1백 파운드를 번다고 생각해 보세요. 말도 안 되게 작은 돈벌이 아닌가요? 일 년 해 봐야 1천 2백 50파운드밖에 안 되잖아요. 한 주에 얼마나 되겠어요?"라고 말했다.

나는 가을이 되면 루핀이 좀 더 성숙해지고 자신이 진 빚에 대해서도 좀 더 책임지는 사람이 되었으면 좋겠다는 말만 하고, 그 주제에 대해 더는 얘기하지 않았다. 그는 "친애하는 주인장, 진심으로 약속드리지만 절대 제가 가지지 않은 것으로 투자 하지는 않을 겁니다. 저는 그 분야의 지식통인 잡 클린앤즈 씨의 정보만 충실히 따를 것이고, 그렇게 하면 안전한 항해가 될 겁니다."라고 말했다. 나는 다소 마음이 놓였다. 저녁에 집에 들른 고잉이 놀랍게도 루핀이 준 정보 덕분에 10파운드를 벌었다고 알려 주었다. 그리고 다음 주 토요일 우리 식구와 커밍스를 집으로 초대하겠다고 했다. 캐리와 나는 아주 즐거울 것 같다고 말했다.

1월 22일. 나는 보통 하인들에게 화를 잘 내지 않는다. 하지만 세라의 나쁜 버릇에 대해서만은 따끔하게 한 마디 해 줘야 했다. 최근 그녀가 아침 식사 후 식탁을 치울 때 부주의하게 식탁보를 벗겨서 빵 조각들이 카펫에 떨어졌다. 그 결과 떨어진 빵 조각을 사람들이 밟고 다녀서 카펫 사이에 음식물이 끼었다. 세라는 아주 무례하게 "항상 불평만 하시는군요."라고 대답했다. 나는 "아니야, 그렇지 않아. 지난주에는 당신이 신발 뒤꿈치에 노란 비누 조각을 달고 응접실 여기저기를 돌아다닌다고 말했었잖아."라고 말했다. 세라가 "언제나 아침 식사에 대해 불평하시잖아요."라고 말했다. 나는 "아니야, 정말 그렇지 않아. 하지만 식탁에 삶은 달걀이 한 번도 올라오지 않은 것에 대해서는 당연히 불평해야 하지 않겠어? 내가 접시에 달걀을 탁 하고 치는 순간 사방으로 노른자가 튀었지. 적어도 50번은 얘기한 것 같은데."라고 말했다. 세라가 울음을 터뜨리면서 꼴사나운 광경이 벌어졌다. 나는 때마침 도착한 승합마차를 핑계로 그 자리를 피할 수 있었다. 고잉이 다음 주 토요일 방문을 잊지 말라며 저녁에 메시지를 남겼다. 캐리는 재미있게도 "지금껏 한 번도 초대한 적이 없는데 우리가 어떻게 그걸 잊겠어요."
라고 말했다.

1월 23일. 미용사가 나에게 머리를 너무 자주 빗지 않는
것이 좋겠다고 해서, 루핀에게 그가 선물한 딱딱한 빗을 부
드러운 것으로 바꿔달라고 부탁했다.

1월 24일. 응접실 뒤쪽에 놓일 침니 유리등이 도착했다.
캐리가 유리등 위쪽과 양옆을 손부채로 예쁘게 장식했다.
분위기가 한층 살아났다.

1월 25일. 차를 다 마셔갈 때쯤, 커밍스는 절대 아닐 거라
고 생각했는데 커밍스가 들어왔다. 커밍스는 지난 3주 동안
집에 들르지 않았다. 혈색이 너무 안 좋아 보여서 내가 "어,
커밍스, 괜찮은가? 약간 우울해 보이는데."라고 말했다. 그
가 "그래, 약간 그래."라고 대답했다. 내가 "무슨 일인가?"
하고 물었다. 그가 "아니 아무것도 아니야. 2주가량 누워 있
었던 것 빼고 아무 일도 없었어. 그게 다야. 한때 의사가 날
포기했었지. 그런데도 얼굴 한번 비치는 사람이 없더군. 죽
었는지 살았는지 물어보는 인간도 없고."라고 대답했다.
  내가 "처음 듣는 소리네. 저녁에 자네 집 근처를 몇 번 지
나갔는데, 방에 불이 밝게 켜져 있어서 친구와 같이 있는 줄

알았지."라고 말했다.

커밍스는 "아니, 내 유일한 친구라고는 아내, 의사 그리고 주인아주머니밖에 없었어. 주인아주머니가 그렇게 대단한 사람인 줄 몰랐네. 자네 신문 안 읽었지. '자전거 신문'에 났었는데."라고 말했다.

커밍스의 기분을 좋게 해 주려는 생각에서 내가 이렇게 물었다. "지금은 괜찮은가?"

그가 "그건 적절한 질문이 아니지. 병으로 진정한 친구를 찾았느냐고 물어봤어야지."라고 말했다.

그런 철학적인 말은 그에게 어울리지 않는다고 내가 말했다. 설상가상, 그때 고잉이 커밍스의 등을 격하게 때리고 들어와서는 "어이, 자네 유령이라도 봤나? 꼭 겁에 질려 죽을 것 같은 얼굴색인데, 마치 맥베스를 연기한 어빙 같아."라고 말했다. 내가 "고잉, 살살해. 이 불쌍한 친구가 그동안 많이 아팠다는군."라고 말했다. 고잉이 박장대소를 하며 "그래. 그렇게 보이는군그래."라고 말했다. 커밍스가 조용히 "그래, 내 눈에도 자네가 날 신경 쓸 녀석이 아니게 보였네."라고 말했다.

어색한 분위기가 흘렀다. 고잉이 "커밍스, 신경 쓰지 말게. 자네도 부인과 함께 내일 우리 집으로 오게, 그러면 기분이 좀 나아질 걸세. 같이 와인 한 병 마실 거니까."라고 말했다.

1월 26일. 예상 밖의 일이 벌어졌다. 캐리와 나는 예정대로 일곱 시 30분경에 고잉의 집으로 갔다. 여러 번 문도 두드리고 벨도 눌렀지만, 아무런 대답이 없었다. 마침내, 문 안쪽 잠금 사슬이 채워진 상태로, 걸쇠가 끌어당겨지더니 문이 약간 열렸다. 셔츠 차림의 낯선 남자가 머리를 내밀며 "누구시죠? 무슨 일입니까?" 하고 물었다. 나는 "고잉 씨 초대로 왔습니다."라고 대답했다. 그가 (게다가 작은 강아지가 깽깽거리며 짖는 소리도 들을 수 있었다.) "초대한 적 없는 것 같은데요. 그는 집에 없습니다."라고 말했다. 나는 "곧 올 겁니다."라고 말했다.

남자는 그렇게 말한 뒤 문을 쾅 하고 닫아 버렸다. 캐리와 나는 길모퉁이에서 불어오는 살을 에는 듯한 칼바람을 맞으며 그 집 계단에 서 있었다.

캐리가 다시 노크를 해 보라고 했다. 다시 노크를 하던 나는 그제야 문고리에 새로 페인트칠이 된 것을 알아차렸다. 페인트칠이 장갑에 묻어 벗겨졌다. 그 때문에 장갑을 완전히 못 쓰게 됐다.

내가 지팡이로 문을 두세 번 두드렸다.

남자가 이번에는 안쪽 잠금 사슬까지 풀고 나와서 나에게 욕설을 퍼붓기 시작했다. "지팡이로 페인트칠에 흠집을 내고 광택을 망치다니, 이게 도대체 무슨 짓이오? 부끄러운 줄 아시오."

나는 "죄송하지만 고잉 씨가 우리를 초대해……."라고 하며 말을 이어가려 했다.

그가 말을 막으며 "고잉인지 뭔지는 모르겠고, 이건 우리집 문이요. 고잉 씨 집 문이 아니라. 여긴 고잉 외에 다른 사람들도 함께 사는 곳이요."라고 말했다.

이 남자의 무례함은 아무것도 아니었다. 고잉의 가증스러운 행동과 비교하면 너무도 하찮은 것이라서, 이 남자의 무례함은 거의 알아차리지 못 했다.

이때 커밍스와 그의 아내가 도착했다. 커밍스는 다리를 심하게 절며 지팡이에 몸을 기대고 있었다. 그러면서도 그는 계단을 올라와 무슨 문제가 있느냐고 물었다.

남자가 "고잉 씨는 누가 찾아온다고 말한 적 없소. 그가 내게 한 말이라곤 그로이든에 초청을 받아서 월요일 저녁까지 돌아오지 않는다는 것이었소. 가방도 가지고 갔소."라고 말했다.

남자는 이 말을 남긴 채 다시 문을 꽝 하고 닫아버렸다. 고잉의 행동에 너무 분개한 나는 아무런 말도 입 밖으로 낼 수 없었다. 분노로 얼굴이 창백해진 커밍스는 계단을 내려가면서 지팡이로 땅을 과격하게 내리치더니 이렇게 말했다. "비열한 놈!"

15

고잉이 그의 처신에 대해 설명했다. 루핀과 함께 한 마차 나들이는 그다지 즐겁지 않았다. 루핀은 우리를 머레이 포쉬에게 소개했다.

2월 8일. 아침으로 '좋은' 소시지를 먹을 수 없다는 건 나에겐 힘든 일인 것 같다. 좋은 소시지는 밀가루 또는 양념이 풍부하거나 소고기처럼 새빨갛다. 지난주에 루핀의 조언을 듣고 투자한 20파운드가 여전히 걱정이다. 커밍스도 나와 같은 처지다.

2월 9일. 정확히 2주가 지났다. 집으로 초대해 놓고 외출해 버린 어처구니없는 행동에 대해 고잉으로부터 아무런 얘기도 듣지 못했고, 그는 얼굴조차 비치지 않는다. 저녁에 캐리는 내가 구입한 여섯 벌의 셔츠 깃에 표시를 해 두고 있었다. 다른 사람들 것과 섞이지 않게 하려는 캐리의 그런 행동을 나는 지지한다. 난로 앞에서 옷깃들을 말리던 나에게 캐리가 옷을 태운다며 질타하는 사이 커밍스가 안으로 들어왔다.

건강을 회복한 것처럼 보이던 그는 옷깃에 해둔 표시를 보고 우리를 놀려댔다. 내가 고잉에게서 어떤 소식을 들은 것이 있는지 그에게 물었다. 그는 들은 것이 없다고 대답했다. 나는 고잉이 그런 비신사적인 행동을 했다는 것이 믿어지지 않는다고 말했다. 커밍스는 "자넨 참 말도 착하게 하는군그래. 나는 그동안 그가 비열한 놈처럼 행동해 왔다고 생각하네."라고 말했다.

커밍스가 말을 끝내기도 전에 문이 열리더니, 고잉이 머리를 들이밀고 "들어가도 되나?" 하고 물었다. 나는 "당연하지."라고 대답했다. 캐리가 아주 날카롭게 "어, 정말 오랜만이네요."라고 말했다. 고잉이 "그래요, 지난 2주 동안 크로이돈을 왔다 갔다 했거든요."라고 말했다. 나는 커밍스의 얼굴이 갑자기 붉어지는 것을 볼 수 있었다. 결국 그는 지난 토요일 고잉의 행동에 대해 강하게 따지고 들었다. 고잉이 놀라며 "어! 그날 아침 파티가 연기됐다고 편지를 보냈는데."라고 말했다. 나는 "아무것도 받지 못했네."라고 대답했다. 고잉이 캐리 쪽을 돌아보며 "편지는 가끔 *분실Miscarry*되기도 하죠. 안 그래요, *캐리 부인Mrs. Carrie*?" 하고 말했다. 커밍스가 날카롭게 "농담할 때가 아니야. 난 모임이 연기됐다는 통지를 받지 못했어."라고 말했다. 고잉이 "내가 바빠서 푸터에게 메모를 대신 전달해 달라고 적었는데. 우체국에 문의해 볼 테니까, 우리 집에서 다시 만나세."라고 대답했다. 다음에는 고잉이 꼭 참석하기를 바란다고 내가 덧붙였다. 캐리가 큰 소리로 웃었고, 커밍스도 웃음을 참지 못했다.

2월 10일. 일요일. 나의 바람과 달리 캐리는, 자기의 2륜마차에 타고 오후에 나들이를 가자는 루핀의 설득을 받아들였다. 나는 일요일에 마차 타는 것을 좋아하지 않지만, 둘만보내기가 불안해서 같이 가겠다고 했다. 루핀이 "주인장, 같이 가 주셔서 고맙습니다만, 뒷좌석에 앉으셔도 괜찮겠습니까?"라고 말했다.

루핀이 입은 밝은 청색 코트는 그의 키보다 수 마일은 길어 보였다. 캐리가 뒤쪽을 많이 집어넣어야 할 것 같다고 말했다. 루핀이 "(마부의) 두꺼운 모직 외투 보신 적 없으세요? 그런 옷이 아니면 마차를 몰 수도 없어요."라고 말했다.

나중에 루핀은 자기가 입고 싶은 대로 옷을 입을 것이다. 왜냐하면 나는 절대로 그와 함께 마차를 타지 않을 테니까.

그의 행동은 충격적이었다. 하이게이트 아치웨이 도로를 지나갈 때, 그는 모든 사물과 사람을 앞질러 가려 했다. 그는 도로를 조용히 걷고 있던 점잖은 사람들에게 길을 비켜서라며 소리를 질러댔고, 늙은 남자가 타고 있던 말에 채찍을 날려서 말이 앞다리를 들어 올리며 멈춰 서게 했다. 그리고 당나귀 마차에 탄 한 무리의 거친 사람들을 놀리는 바람에 뒷좌석에 타야만 했던 나는 그들의 얼굴을 빤히 쳐다볼 수밖에 없었다. 마차를 돌려 거의 반마일을 쫓아온 그들은 우리에게 오렌지 껍질을 던지는 건 물론이고 고함을 치며 상스러운 농담과 비웃음을 퍼부었다.

그 같은 행동에 대한 루핀의 변명—웨일스 왕자가 더비 도로로 마차 나들이를 나갔어도 똑같은 종류의 일들을 참고 견뎌야만 했을 거라는—은 캐리와 나에게 조금의 위안도 주지 못 했다. 그날 저녁 프랭크 머틀러가 집에 들러 루핀과 함께 나갔다.

2월 11일. 루핀이 걱정됐던 나는 용기를 내어 퍼굽 사장에게 아들에 대해 말하기로 했다. 항상 친절하게 대해 줬던 퍼굽 사장이기에 그에게 어제의 '마차 모험'을 포함한 모든 것을 얘기했다. 퍼굽 사장은 다정하게 "푸터 씨, 조금도 걱정할 필요 없네. 자네처럼 훌륭한 사람의 아들이 나쁜 길로 빠지는 일은 없을 걸세. 루핀이 지금은 젊지만 곧 나이가 들

거란 걸 명심하게. 우리 회사에 그에게 맞는 일자리가 있으면 좋겠는데."라고 말했다. 이 좋은 사람의 충고가 내 마음을 가볍게 했다. 저녁에 루핀이 돌아왔다.

간단하게 저녁 식사를 마친 루핀이 "사랑하는 부모님, 몇 가지 소식이 있는데 부모님을 놀라게 할까 좀 걱정되네요."라고 말했다. 뭔가 꺼림칙한 느낌이 전신을 파고들어서 나는 아무 말도 하지 못 했다. 그러자 루핀이 "부모님을 힘들게 할지도 모르겠지만─사실, 힘들게 하고 있죠─오늘 오후, 투기에서 완전히 손을 뗐어요."라고 말했다. 터무니없지만 너무 기뻤던 나는 포트와인 한 병을 땄다. 때마침 고잉이 꼬리 없는 당나귀 그림이 그려진 큰 종이 한 장을 들고 들어와서 그걸 벽에다 걸었다. 그가 종이로 여러 개의 꼬리를 만들었다. 우리는 눈가리개를 한 채 적당한 곳에 꼬리를 꽂는 시도를 하며 남은 저녁 시간을 보냈다. 너무 웃어서 자러 갈 때쯤에는 옆구리가 쑤셨다.

2월 12일. 저녁에 데이지 머틀러 양과의 약혼에 대해 루핀에게 얘기했다. 그녀로부터 들은 소식이 있는지 내가 물었다. 그는 "아뇨. 그녀가 수다쟁이 아버지에게 나를 만나지 않겠다고 약속했대요. 물론 프랭크 머틀러는 보죠. 사실, 그가 오늘 저녁 집에 들르기로 했어요."라고 말했다. 집에 들른 프랭크는 밖에서 머레이 포쉬란 친구가 기다리고 있어서 오래 머물 수 없다고 말하며, 그 친구가 상당한 상류층 사람이라는 말도 덧붙였다. 캐리가 프랭크에게 그를 안으로 데려오라고 했다.

ㅣ 머레이 포쉬

머레이 포쉬와 때를 같이 해서 고잉이 안으로 들어왔다. 키가 크고 뚱뚱한 젊은이였던 머레이 포쉬는 무척 신경질적인 성향의 사람인 것이 분명했다. 그가 나중에, 마부가 손에 고삐를 쥐고 마부 석에 먼저 앉아 있지 않으면 2인승 2륜 마차든 4륜 마차든 타지 않겠다고 고백했기 때문이다.

소개를 받은 고잉은 늘 그렇듯 눈치 없이 "포쉬사의 3실링짜리 모자와 관련이 있으십니까?" 하고 물었다. 포쉬가 "예. 관련이 있죠. 하지만 모자는 쓰고 다니지 않으니 양해 바랍니다. 사업에 크게 관여하지 않습니다."라고 대답했다.

나는 "한때 나도 그런 사업을 꿈꿨었지."라고 말했다. 흡족해하던 포쉬는 저가 모자 제조에 얽힌 특별한 어려움에 대해 길고도 아주 흥미로운 그동안의 얘기를 털어놓았다.

머레이 포쉬가 데이지 머틀러 양에 대해 말하는 방식으로 보아 그녀와 아주 친밀하게 알고 지내는 사이인 것이 분명해 보였다. 한 번은 프랭크가 루핀에게 가소롭다는 듯이 "조심하지 않으면 포쉬가 널 재껴 버릴지도 몰라!"라고 말했다. 모두가 돌아간 후 내가 이 건방진 대화를 언급했다. 루핀은 냉소적인 태도로 "질투하는 남자는 자신에 대한 존경심이 없는 남자예요. 머레이 포쉬 같은 코끼리를 질투하는 남자는 자신을 모욕하는 사람이죠. 전 데이지를 잘 알아요. 전에 말했듯이 그녀는 날 위해 10년이라도 기다릴 여자예요. 필요하다면 20년도 기다릴 거예요."라고 말했다.

16

우리는 루팡의 조언을 듣고 투자해서 손해를 봤다. 커밍스도 마찬가지다. 머레이 포쉬가 데이지 머틀러 양과 약혼했다.

2월 18일. 최근 캐리가 여러 번에 걸쳐 내 정수리 부분의 머리가 빠진다며 병원에 가 보라고 했다. 오늘 아침 나는 작은 손거울로 정수리 부분을 보려고 애쓰다 팔꿈치가 서랍장 가장자리에 걸리는 바람에 거울이 바닥에 떨어져 박살이 났다. 미신을 믿는 편인 캐리가 아주 민감하게 반응했다. 설상가상 거실에 걸어뒀던 나의 큰 사진도 밤새 떨어져 액자에 금이 갔다.

캐리가 "찰스, 내 말 잘 들어요. 곧 안 좋은 일이 생길 거예요."라고 말했다.

나는 "당신도 참! 무슨 말도 안 되는 소리를."라고 말했다.

저녁 일찍 집에 돌아온 루핀의 얼굴이 약간 불안해 보였다. 나는 "아들아, 무슨 일이라도 있는 거니?" 하고 물었다. 한참을 망설이던 그가 "제가 아버지에게 20파운드를 투자하라고 했던 파라치카 클로라이즈 주식 말이에요."라고 말했다. 내가 "그래, 문제없지? 널 믿는다."라고 말했다. 루핀이 "어… 아니요. 모두가 놀랐는데, 그 회사가 망했대요."라고 대답했다.

숨이 완전히 멎을 것만 같아서 나는 아무 말도 할 수 없었다. 캐리가 나를 보며 "제가 뭐라고 했어요."라고 말했다. 한참 후에 루핀이 "하지만 천만다행이에요. 제가 일찍 정보를 듣고 아버지 주식을 바로 처분했거든요. 운 좋게도 2파운드는 받았어요. 조금은 건진 셈이죠."라고 말했다.

나는 안도의 한숨을 내쉬었다. 나는 "내가 낙천적인 사람이 못돼서 네 예측대로 투자금의 여섯 배 혹은 여덟 배를 벌거라고는 생각하지 않았다. 그래도 2파운드를 벌었다니 짧은 투자기간에 비하면 나쁜 결과는 아니구나."라고 말했다. 루핀이 무척 짜증을 내며 "제 말을 이해 못 하시는 것 같군요. 주식 20파운드를 팔아서 2파운드 건졌다고요. 그러니까 18파운드를 까먹은 셈이죠. 커밍스 씨와 고잉 씨는 투자 금을 몽땅 날렸어요."라고 말했다.

2월 19일. 시내로 나가기 전, 루핀이 "파라치카 클로라이츠 주식 건은 정말 죄송해요. 잡 클린앤즈 씨가 있었다면 이런 일은 없었을 텐데……. 이건 아버지하고 저만의 얘긴데, 사무실에 무슨 일이 생기더라도 놀라지 마세요. 잡 클린앤즈 씨가 지난 며칠 동안 모습도 비치지 않아요. 몇몇 사람들이 그를 보려고 혈안이 됐어요."라고 말했다.

저녁에, 루핀이 고잉과 커밍스를 마주치지 않으려고 막 나가려던 참이었다. 그런데 그때 고잉이 노크도 없이 늘 하던 말장난을 하며 방으로 들어왔다. *"들어가도 되겠나May I Come In?"*

그가 방으로 들어섰을 때 그의 기분이 정말 좋은 것을 보고 루핀과 나는 놀랐다. 누구도 그에게 그 주제에 대해 말하지 않으려 했지만, 고잉이 알아서 먼저 말을 꺼냈다. 그는 "그러니까, 파라치카 클로라이츠가 박살이 났더구먼! 루핀 스승님, 정말 멋졌어요. 얼마나 잃었죠?"라고 말했다. 루핀이 나를 아연실색하게 만들며 "어, 저는 그 회사에 투자하지 않았어요. 제 주식 신청서가 뭔가 잘못됐나 봐요. 수표 동봉하는 걸 까먹었거나, 뭐 그래요. 그래서 잃은 게 없어요. 우리 주인장은 18파운드를 손해 봤어요."라고 말했다. 나는 "널 믿고 투자했는데, 그런 줄 알았으면 나도 안 했겠지."라고 말했다. 루핀이 "어쩔 수 없었어요. 다음에 두 배로 튀기면 되잖아요."라고 말했다. 내가 대답하기도 전에 고잉이

"다행히 나도 손해 본 건 없네. 들은 바가 있어서 나도 그 회사를 신뢰하지 않았거든. 그런데 커밍스는 그 회사에 믿는 구석이 있었는지, 내가 꼬드기니까 내 돈 15파운드까지 빌리더군."라고 말했다.

루핀이 웃음을 터뜨리며 정말 꼴사납게 "아뿔싸! 불쌍한 커밍스 아저씨. 그럼, 그는 35파운드를 잃은 거네요."라고 말했다. 그때 초인종이 울렸다. 루핀이 "저, 커밍스 아저씨 만나고 싶지 않아요."라고 말했다. 만약 루핀이 그때 대문으로 나갔다면 커밍스를 만났을지도 모른다. 루핀은 최대한 빨리 응접실 창문을 열고 밖으로 나가 버렸다. 그때 고잉이 갑자기 자리에서 벌떡 일어나더니 "나도 커밍스를 만나고 싶지 않네."라고 소리치며 내가 무슨 말을 꺼내기도 전에 루핀을 따라 창문 밖으로 사라져 버렸다.

나로서는, 내 아들과 나의 가장 친한 친구 중 한 명이 단속에 걸린 한 조의 강도처럼 창문을 넘어 도망쳤다는 사실 때문에 소름이 돋았다. 불쌍한 커밍스는 매우 당황한 것은 물론이고 루핀과 고잉에게도 무척 화가 나 있었다. 내가 위스키 한 잔을 강압적으로 권했더니 그는 위스키를 끊었다고 했다. 대신 '감미료 없는' 것이 몸에 좋다는 조언을 들은 바가 있어서 그걸 조금 마시고 싶다고 했다. 집에 그런 것이 없었던 터라 나는 세라를 락우드 가게에 보내서 조금 사 오라고 했다.

2월 20일. 스탠더드 신문을 펼치는 순간 첫눈에 들어온 기사가 '채권 주식 업자의 몰락, 잡 클린앤즈 종적을 감추다!'였다. 캐리에게 그 기사를 보여 줬더니, 그녀는 "아, 어쩌면 루핀에게는 잘 된 일인지도 몰라요. 그곳이 루핀에게 맞는다고 생각하지 않았어요."라고 말했다. 나는 모든 일이 너무 충격적이라고 생각했다.

아침을 먹으려고 내려온 루핀이 무척 고통스러워하는 모습을 보고 내가 "아들아, 우리도 소식을 들었단다. 참 안됐구나." 하고 말했다. 루핀이 "어떻게 아셨어요? 누가 말했죠?"라고 물었다. 나는 스탠더스 신문을 그에게 건네주었다. 그가 신문을 집어던지며 "이런 건 눈곱만큼도 신경 쓰지 않아요. 예상한 일이니까. 하지만 이건 전혀 예상하지 못했단 말이에요."라고 말했다. 그리고 루핀은 침착하게 프랭크 머틀러에게서 온 편지를 읽어 주었다. 데이지 머틀러 양이 다음 달에 머레이 포쉬와 결혼한다는 내용이었다. 내가 "머레이 포쉬라고? 무례하게도 프랭크 머틀러가 지난주 목요일 여기로 데리고 왔던 그 남자 말이냐?"라고 소리쳤다. 루핀이 "맞아요. 그 남자예요. '포쉬사 3실링짜리 모자' 그 녀석이에요."라고 대답했다.

우리 모두는 쥐 죽은 듯 조용히 아침을 먹었다.

사실 나는 아무것도 먹을 수가 없었다. 걱정이 지나쳐서가 아니라 지나치게 비계만 두툼한 베이컨은 먹을 수도 없고, 먹지도 않기 때문이다. 비계와 살코기가 줄줄이 섞인 베이컨을 먹을 수 없다면 어떤 것도 먹지 않을 생각이다.

　루핀이 나가려고 자리에서 일어섰을 때, 나는 그의 얼굴 위로 사악한 미소가 번지는 것을 보았다. 내가 그게 무슨 의미냐고 물었다. 그는 "아, 단지 약간의 위로라고나 할까요……. 맞아요, 위로라면 위로죠. 방금 생각난 건데, 제 조언을 듣고 머레이 포쉬가 파라치카 클로라이츠에 6백 파운드를 투자했거든요."라고 대답했다.

17

데이지 머틀러 양과 머레이 포쉬의 결혼. 내 평생의 꿈을 이뤘다.
퍼굽 사장이 루핀을 채용했다.

3월 20일. 오늘은 데이지 머틀러 양과 머레이 포쉬가 결
혼식을 올리기로 한 날이라, 루핀은 친구 한 명과 함께 시간
을 보내기 위해 그레이브젠드로 가고 없다. 이제 모든 것이
끝나서 잘 됐다고 공언하고 다니지만, 루핀은 이 결혼으로
많은 상처를 입었다. 나는 루핀이 보드빌[55] 극장을 너무 자
주 드나들지 않기를 바란다. 하지만 감히 어느 누구도 그에
게 그런 얘기를 하지 못한다. 바로 지금 이 순간에도 루핀은
'글래드스턴에게 무슨 문제라도 있는 거니? 그는 괜찮아. 루
핀에게 무슨 문제라도 있는 거니? 그는 괜찮아'라는 말도 안

되는 노래를 부르며 온 집안을 돌아다녀서 나를 짜증나게 한다. 그들 둘 다 정상은 아닌 것 같다. 저녁에 고잉이 집에 들렀다. 단연 최고의 화두는 데이지 양과 머레이 포쉬의 결혼이다. 나는 "데이지 양 때문에 루핀만 바보가 됐지만, 그래도 이 문제가 끝나서 기뻐."라고 말했다. 고잉은 그 특유의 농담으로 "아, 루핀 선생님께서는 어느 누구의 도움 없이도 혼자서 웃음거리가 될 수 있는 능력을 가지셨군요."라고 말했다. 이 말에 캐리가 당연히 분개했고, 고잉은 상식선에서 사과했다.

3월 21일. 오늘 일기를 끝낼 생각이다. 왜냐하면, 내 인생에서 가장 행복한 날이기 때문이다. 지난 몇 주 동안 내가 꿈꿔 왔던—사실, 수년 동안 꿈꿔 왔었다—것이 현실로 이루어졌다. 아침에 퍼굽 사장에게서 편지가 왔다. 루핀을 데리고 사무실로 오라는 내용이었다. 루핀의 방으로 갔다. 불쌍한 녀석, 얼굴이 창백한 게 두통이 심하다고 했다. 루핀은 그레이브젠드에서 그날의 일부를 외투도 없이—그걸 챙길 심리 상태가 아니었으니—물에서 작은 보트를 타고, 어제 집으로 돌아왔다. 내가 퍼굽 사장의 편지를 보여 주자 그가 자리에서 벌떡 일어났다. 나는 지나치게 눈에 띄는 색상의 옷과 넥타이는 피하고, 검은 계통이나 차분해 보이는 옷을 입으라고 당부했다.

퍼굽 사장의 편지를 읽으며 몸을 파르르 떨던 캐리는 계속해서 이 말만 반복했다. "아, 잘 돼야 할 텐데." 나에 대해 말하자면, 나는 거의 아침을 먹을 수가 없었다. 루핀은, 다소 누런 안색을 제외하고, 차분하면서도 완벽한 신사의 복장을 하고 내려왔다. 캐리가 루핀에게 용기를 북돋워 주려고 이렇게 말했다. "루핀, 정말 멋져!" 루핀은 "맞아요. 분장이 멋지죠? 평범한—완전한—점잖은—장례식에 적합한—일—류—런던—회사—하급—사원 같죠."라고 대답했다. 루핀이 약간 비꼬듯이 웃었다.

현관에서 시끄러운 소리가 났다. 루핀이 그의 오래된 모자를 찾아오라며 세라에게 소리를 지르고 있었다. 현관 복도로 나가봤더니 격분한 루핀이 춤이 높은 새 모자를 발로 차며 짓밟고 있었다. 내가 "아들아, 무슨 짓이니? 참 못됐구나! 못사는 사람은 저 모자를 감사해 하며 받을 텐데."라고 말했다. 루핀이 "저 모자로 못사는 사람을 모욕하고 싶지는 않아요."라고 말했다.

루핀이 밖으로 나간 후, 상처 입은 모자를 집어 든 나는 모자 안쪽에서 '포쉬사 특허'라고 적힌 글귀를 발견했다. 불쌍한 루핀! 내가 용서하마. 사무실까지 몇 시간은 걸린 듯했다. 퍼굽 사장이 사람을 보내 루핀을 데려갔다. 두 사람은 거의 한 시간을 같이 있었다. 돌아온 루핀은, 내 생각에, 의기소침해 보였다. 내가 "음… 루핀, 퍼굽 사장님 어때?"

라고 물었다. 루핀이 그 노래를 부르기 시작했다. "퍼굽 씨에게 무슨 문제라도 있는 거니? 그는 괜찮아." 나는 본능적으로 루핀이 고용되었다는 사실을 감지했다. 퍼굽 사장에게 갔지만, 말을 할 수가 없었다. 그가 "어, 푸터 씨, 무슨 일인가?"라고 물었다. 내가 이 말밖에 할 수 없어서 바보처럼 보였을 것이다. "아무것도 아닙니다. 사장님은 정말 좋은 분이십니다." 그가 잠시 나를 바라보더니 이렇게 말했다. "아닐세. 자네가 좋은 사람이야. 자네 아들이 자네처럼 멋진 본보기가 될지 두고 보세." 나는 "사장님, 퇴근해도 될까요? 더는 일을 할 수 없을 것 같습니다."라고 말했다.

나의 좋은 사장은 고개를 끄덕이며 내 손을 잡고 부드럽게 흔들었다. 나는 승합마차에서 흐르는 눈물을 참기 위해 안간힘을 써야 했다. 사실 루핀이 마차에서 혼자 너무 넓은 자리를 차지하고 앉은 뚱뚱한 사람과 말다툼을 벌이지 않았다면, 나는 분명 눈물을 펑펑 쏟았을 것이다.

저녁에 캐리가 내 오랜 친구 커밍스와 그의 부인, 그리고 고잉을 집으로 불렀다. 우리는 모두 난로 주위에 둘러앉아 루핀의 건강을 위해 세라가 식료품점에서 사온 '잭슨 프레르'를 나눠 마셨다. 나는 침대에 누워 몇 시간 동안 미래를 생각하며 깨어 있었다. 나와 같은 사무실에서 일하게 될 아들. 승합마차로 출근도 같이하고 집에도 같이 오고……. 누가 알겠는가, 시간이 지나 저 녀석이 우리의 작은 집에 관심을 두게 될지. 집 안 구석구석 못질하는 나를 돕거나 벽에 그림을 걸려는 엄마를 도울지. 여름에는 정원에 꽃 심는 것을 돕고 화분대와 화분에 색칠하는 것도 도울지. (그나저나 에나멜페인트를 반드시 좀 더 사야겠다). 수천 가지 행복한 생각들과 이런 생각들을 하고 또 했다. 벽시계가 네 시를 알리는 소리를 듣고 나는 행복한 우리 세 식구의 꿈을 꾸며 곧 잠에 빠져들었다. 루핀, 사랑하는 아내, 그리고 나.

18

첨필형 만년필[56]이 문제다. 비싼 만찬 비를 내고 자선 무도회에 참석했다. 마부에게 심한 모욕을 당했다. 사우스엔드로의 이상한 초대.

4월 8일. 고잉이 강력하게 추천한 새로 나온 특허 첨필형 만년필을 9실링 6펜스나 주고 샀는데, 9실링 6펜스를 간단하게 날려버렸다. 그 외에 별다른 중요한 일은 없다. 그 첨필형 만년필이 자꾸 내 성질을 긁어댄다. 잉크가 만년필 위쪽으로 새어 나와서 내 손을 엉망으로 만들었다. 한 번은 사무실에서 만년필을 쥔 채 잉크가 나오도록 손바닥으로 책상을 치고 있는데 퍼굽 사장이 들어와서는 "그만 좀 쾅쾅거려! 피트, 자네가 그런 건가?"라고 소리쳤다. 버르장머리 없는 피트 녀석은 날 골탕 먹일 생각에서 아주 큰 목소리로 "아뇨, 사장님. 죄송하지만 푸터 씨가 만년필로 그랬어요. 아침 내내 그러는군요."라고 대답했다. 설상가상 나는 책상 뒤에서 웃고 있는 루핀의 모습을 보았다. 아무 말도 하지 않는 것이 현명할 것 같았다. 만년필을 가지고 상점으로 가서 반품이 되느냐고 물어보았다. 반품은 되지 않았다. 전액 환불은 기대하지도 않았다. 하지만 반값이면 기꺼이 반품할 생각이었다. 상점 직원은 구매와 판매는 별개의 문제라서 그렇게는 안 된다고 했다. 지금까지 사무실에서 루핀의 행동은 가장 모범적이다. 너무 행동이 발라서 그게 얼마나 갈지가 유일한 걱정이다.

4월 9일. 고잉이 캐리와 나를 위해 동부 액션 소총 여단이 주최하는 무도회 초대장을 가지고 집에 들렀다. 동부 액션의 회원(윌리엄 그림 경)이 무도회를 후원하기 때문에 고잉은 이를 상류층 행사로 생각하고 있었다. 우리가 그의 친절을 받아들이고 저녁을 같이하려고 기다리는 동안, 나는 서턴에 사는 제임스 씨가 선물로 준 '알제라' 발포 와인을 마실 좋은 기회라고 생각했다. 와인을 한입 맛본 고잉이 이런 맛은 처음이라고 말하더니, 자신의 계획은 좀 더 이름 있는 브랜드를 취하는 것이라고 덧붙였다. 나는 친애하는 친구가 준 선물이며, 사람들은 공짜로 입에 들어가는 것을 흠잡아서는 안 된다고 말해 주었다. 고잉은 경박하게도 "사람들은 그런 걸 입에 넣고 싶어 하지도 않아."라고 대답했다.

그 말이 재미도 없고 무례하다고 생각했다. 하지만 직접 와인 맛을 본 나는 고잉의 말도 어느 정도 일리가 있다고 결론 내렸다. 발포 와인 '알제라'는 사이다 맛과 매우 흡사했고, 신맛이 좀 더 강했다. 나는 아마도 천둥소리 때문에 신맛으로 변했을 거라고 추측했다. 고잉은 그저 "어, 아니. 난 그렇게 생각하지 않네."라고 대답했다. 우리는 내가 4실링을 잃고 캐리가 1실링을 잃은, 아주 재미있는 카드 게임을 했다. 고잉도 6펜스가량 잃었다고 했다. 카드 게임을 한 사람은 우리 셋뿐인데 어떻게 고잉이 돈을 잃을 수 있는 건지 미스터리다.

4월 14일. 일요일. 추측건대 불안정한 날씨 때문인 것 같다. 일어나 보니 피부가 팽팽한 북처럼 당기는 느낌이 들었다. 교회에서 함께 돌아온 신자 모임의 트리니 씨 부부와 정원을 산책하다 자갈길 위로 뼈다귀가 가득 담긴 큰 신문지를 보고 짜증이 치밀었다. 분명 옆집에 사는 젊은 그리핀의 아이들이 던진 것으로 보였다. 그 녀석들은 내가 친구들과 함께 있을 때면 꼭 자기 집 온실 내부의 계단을 타고 올라와 창문을 탁탁 두드리며 여러 가지 표정을 짓거나 휘파람을 불거나 새소리를 낸다.

| 젊은 그리핀의 아이들은 여러 가지 표정을 짓거나 휘파람을 불거나 새소리를 낸다

4월 15일. 저 바보 같은 세라가 탁자에 놓기도 전에 병을 심하게 흔들어서 라우스터소스[57]에 혀를 심하게 데었다.

4월 16일. 동부 액션 자선 무도회의 밤. 내 조언에 따라 캐리는 시장 관저 무도회 때 입어서 아름답게 보였던 드레스를 똑같이 입었다. 군대 무도회라, 내 기억에 명예 포병부대 장교였던 퍼굽 사장도 참석할 가능성이 있었기 때문이다. 루핀은, 늘 그렇듯 불가해한 언어로, 이 행사가 '망나니들'의 무도회라는 말을 들었다고 했다. 그 말을 이해하지 못

했지만, 나는 그게 무슨 뜻인지 물어보지 않았다. 내가 모르는 이런 표현들을 어디에서 배우는지 모르겠다. 집에서 배우지 않은 것은 분명하다.

무도회 시작 시각은 여덟 시 30분이었다. 나는 한 시간 늦게 도착하는 것이 제임스 부인의 말처럼 '사교계에 어울리지 않는' 모양새가 되는 일 없는 적당한 때라고 생각했다. 마부가 여러 번 선술집에 마차를 세우고 연무관이 어디냐고 물어볼 만큼 무도회장 찾기가 정말 어려웠다. 나는 그런 외딴곳에 사는 사람들이 놀라웠다. 그곳을 아는 사람도 없는 것 같았다. 우리는 조명이 좋지 않은 여러 거리를 오르내린 후에야 목적지에 도착했다. 홀로웨이에서 이렇게 멀 줄은 몰랐다. 마부에게 5실링을 주었더니 2분의 1파운드도 안 된다고 투덜거리며, 다음에 무도회장 갈 때는 승합마차를 타고 가라고 아주 무례하게 조언했다.

웰컷 대위가 우리를 맞으며, 조금 늦었지만 오지 않는 것보다는 낫다고 했다. 내가 보기엔 아주 잘 생긴 신사 같았는데, 캐리는 "장교치고 키가 좀 작네요."라고 말했다. 그는 춤을 추기 위해 자리를 떠나야 한다고 사과하며 우리에게 편한 시간 보내길 바란다고 말했다. 캐리가 내 팔을 잡고, 우리는 주위를 두세 차례 걸으며 사람들의 춤추는 모습을 지켜보았다. 아는 사람이 하나도 없었다. 나는 그 이유를 모두가 군복을 입었기 때문이라고 생각했다. 우리가 만찬 실로 들어섰을 때 누군가가 내 어깨를 툭 치며 환영의 악수를 청했다. 내가 "패쥐 씨군요."라고 말했다. 그는 "맞아요."라고 대답했다.

나는 캐리에게 의자를 챙겨 주었다. 그녀 옆에 앉은 어떤 숙녀는 금세 캐리와 스스럼없는 사이가 되었다.

테이블 위에는 푸짐한 식사와 함께 샴페인, 클라레[58] 등등이 가득했다. 사실상, 모든 것이 비용에 구애받지 않고 준비된 듯했다. 솔직히, 패쥐 씨는 내가 딱히 좋아할 만한 타입의 남자는 아니다. 그래도 아는 사람을 만난 것이 무척 기뻤던 나는 그에게 우리 테이블에 같이 앉자고 청했다. 비록 그가 입은 튜닉[59]의 등 쪽이 많이 헐렁해 보였지만, 땅딸막하고 살찐 남자에게 군복은 정말이지 너무도 잘 어울렸다. 사람들로 붐비지 않는 만찬 실은 이번이 처음이다. 사실 그곳엔 우리밖에 없었고, 모두가 춤을 추느라 바빴다.

나는 캐리와, 자신을 룹킨이라고 밝힌, 캐리가 새로 사귄 친구에게 샴페인을 따라 주었다. 내 잔에도 샴페인을 따른 뒤 샴페인 병을 패쥐 씨에게 건네며 "혼자 따라 마셔야겠네요."라고 말했다. "맞아요."라고 대답한 그는 텀블러 잔에다 반 정도 샴페인을 따르고 "왕과 여왕을 위하여!"라고 말하며 캐리의 건강을 위해 잔을 들었다. 우리 모두는 약간의 훌륭한 피존 파이를 먹고 빙수를 먹었다.

아주 세심한 웨이터가 와인을 더 마시겠느냐고 물었다.

나는 캐리와 그녀의 친구 룹킨, 패쥐 씨, 무도장에서 막 돌아온 아주 예의 바른 몇몇 사람들에게 와인을 따라 주었다. 그들이 아주 공손했기 때문에, 나는 그때 문득 이 신사분들 중 몇몇이 런던에서 나를 보았을지도 모른다는 생각을 했다. 역할을 다했다고 생각한 나는 '공손해서 손해 볼 건 없다'는 옛 격언을 떠올리며 숙녀분들에게 빙수를 제공했다.

밴드가 연주를 시작하자 모두가 무도장으로 옮겨갔다. 숙녀분들(캐리와 룹킨)이 사람들의 춤추는 모습을 간절히 보고 싶어 해서, 나는 아직 식사를 마치지 못했기 때문에, 내게는 식사 후에 따라 나오라고 하며 패쥐 씨가 캐리와 룹킨에게 팔짱을 끼게 하고 무도장으로 향했다. 내가 패쥐 씨에게 "아주 멋진 웨스트엔드 무도회군요."라고 말하자 패쥐 씨가 "맞아요."라고 대답했다.

내가 식사를 마치고 자리를 뜨려고 할 때 우리의 시중을 들던 웨이터가 내 어깨를 두드리며 주의를 끌었다. 개인 무도회에서 웨이터가 팁을 기대하는 건 드문 일이다. 하지만 그가 시중을 잘 들었기 때문에 나는 1실링을 그에게 팁으로 주었다. 그가 미소를 지으며 "선생님 죄송하지만, 이건 아닌 것 같습니다."라고 말하며 팁으로 준 1실링을 넌지시 언급했다. "여러분 동료는 두 당 5실링짜리 식사 4인분, 1실링짜리 빙수 다섯 개, 11실링짜리 샴페인 세 병, 6펜스짜리 클라레 레드와인 한 잔, 그리고 저 건장한 남자분은 6펜스짜리 담배를 주문하셨으니 모두 해서 3파운드 6펜스입니다."

평생을 살면서 그렇게 놀란 적은 없었다. 겨우 숨을 내쉰 내가 개인적으로 초대를 받았다고 얘기하자, 웨이터는 자기도 그건 잘 알고 있지만 먹을 것과 마실 것은 포함되지 않았다고 말했다. 바에 서 있던 한 신사가 웨이터의 말이 사실이라는 것을 확인시켜 주며 나에게 계산이 맞는다고 했다.

웨이터는 내가 뭔가 잘못 알고 있었던 거라면 아주 미안하다고 했다. 하지만 그의 잘못은 아니다. 당연히 값을 지불하지 않을 방법은 없었다. 주머니를 탈탈 털어 돈을 긁어모았는데, 9실링이 부족했다. 웨이터에게 명함을 내밀었더니 그가 "괜찮습니다."라고 말했다.

내 평생 그런 창피함은 처음이었다. 캐리가 이 사실을 알게 된다면 멋진 저녁을 망칠 게 뻔해서 그녀에게는 이 불상사를 비밀에 부치기로 했다. 이미 늦은 데다 그날 저녁 더는 남은 즐거움이 없다고 생각한 나는 캐리와 룹킨 부인을 찾아보았다. 캐리는 떠날 준비가 되었다고 했다. 룹킨 부인에게 "안녕히 가세요."라고 말하자 그녀는 우리에게 사우스엔드에 꼭 한번 방문해 달라고 요청했다. 내가 그곳을 안 간지 꽤 오래됐다고 대답하자 룹킨 부인은 친절하게도 "음, 그럼 내려오셔서 우리 집에 며칠 머무는 건 어떨까요?"라고 말했다. 그녀의 초청이 너무 간절하기도 하고 또 캐리가 가기를 소망해서, 우리는 다음 주 토요일 그녀 집을 방문해서 월요일까지 머물기로 약속했다. 룹킨 부인은 내일 집 주소와 기차 시간표 등을 편지로 알려 주겠다고 했다.

연무관을 나왔을 때 비가 억수같이 쏟아지고 있었다. 도로가 마치 운하 같았다. 홀로웨이로 데려다줄 마부를 찾는 것이 얼마나 어려운 일이었을지는 말할 필요도 없어 보인다. 기다리고 얼마 지나지 않아 어떤 마부가 우리를 이즐링턴의 에인절Angel 중심가까지만 태워 주겠다고 했다. 그러면 우리는 거기에서 집까지 가는 다른 승합마차를 쉽게 갈아탈 수 있다. 지루한 여정이었다. 비가 창문을 때리고 빗물이 마차 안으로 뚝뚝 떨어졌다.

우리가 '에인절 중심가'에 도착했을 때 말은 이미 지친 상태였다. 캐리가 마차에서 내려 어떤 건물의 출입구 쪽으로 달려갔고, 마차 삯을 계산하려던 나는 오싹하게도 그제야 돈이 없다는 게 생각났다. 캐리도 마찬가지였다. 마부에게 우리의 처지를 설명했다. 내 평생 그런 모욕은 처음이었다. 내 생각에, 마부는 언뜻 봐도 거칠고 난폭한 사람이었다. 입에 담을 수 있는 욕이란 욕을 다 퍼부은 그가 내 턱수염을 쥐고 눈물이 날 때까지 잡아당겼다. 나는 그 남자를 체포해 가지 않는 어떤 경관(그 폭행 장면을 목격한)의 번호를 적었다. 경관은 어떤 폭행 장면도 목격하지 못했기 때문에 참견할 수 없다고 하며, 돈 없이 마차를 탈 수는 없다고 했다.

우리는 억수같이 쏟아지는 빗속을 거의 2마일이나 걸어

집으로 돌아왔다. 나는 민간인들이 영업용 마차의 마부로부터 이런 치욕적인 수모와 잔혹 행위를 겪지 않도록, 영업용 마차를 정부의 관리하에 두어야 한다는 제안을 전보로 보낼 생각이었기 때문에, 마부와 나눈 대화 내용을 한 자도 빠뜨리지 않고 적어 두었다.

4월 17일. 물탱크에 물이 하나도 없다. 푸틀리 씨가 방문해서 금방 고칠 거라고 말했다. 물탱크가 아연으로 도금되었다.

4월 18일. 물탱크의 물이 다시 괜찮다. 서턴에 사는 제임스 부인이 오후에 집에 들렀다. 그녀와 캐리는 응접실의 맨틀피스[60]를 천으로 씌우고, 제임스 부인이 대유행이라고 해서 그 위에다 작은 장난감 거미, 개구리, 딱정벌레를 잔뜩 장식했다. 이건 제임스 부인의 제안이었다. 당연히 캐리는 제임스 부인의 제안이라면 뭐든 하는 사람이다. 나로서는 전에 있던 맨틀피스 그대로가 더 좋지만, 평범한 남자인지라 유행처럼 아내 일에 따지고 드는 사람인 체하지는 않는다.

4월 19일. 옆집에 사는 그린펀 씨가 집에 들러 다소 불쾌한 어조로 나를 비난했다. 누군가가 자기 집 물탱크에 구멍을 뚫고 그 물을 우리 집 물탱크로 흘려보냈다는 것이다. 우리 집 물탱크가 그 집 것과 붙어 있다. 그가 수리 후 청구서를 보내겠다고 했다.

4월 20일. 한 주 동안 아파 누워 있었다며 커밍스가 지팡이를 짚은 채 다리를 절며 집에 들렀다. 그가 계단 꼭대기에 위치한 침실 문을 닫기 위해 애쓰고 있었다. 그 망나니 같은 녀석[61]이 가지고 놀던 코르크 마개 조각이 문틈에 끼어서 문이 닫히지 않는다는 걸 커밍스가 알 리 만무하다. 커밍스가 문을 힘껏 당겼다가 다시 뒤로 세게 밀려고 할 때 손잡이가 쏙 빠지면서 그가 계단 아래로 굴러떨어졌다.

이 소리를 들은 루핀이 소파에서 벌떡 일어나 몸을 옆으로 해서 급히 방을 빠져나갔다. 커밍스가 매우 분한 얼굴을 하고, 사람의 등을 거의 부서지게 하는 건 재미있는 짓이 아니라고 말했다. 개인적으로 루핀이 웃고 있었다고 의심하지 않는 것은 아니지만, 커밍스에게는 루핀이 기다리던 친구에게 문을 열어 주기 위해 달려나간 것이라고 말해 주었다. 커밍스는 이렇게 몸져누운 것이 두 번째인데 안부를 물어 오는 사람이 아무도 없었다고 했다. 나는 몰랐다고 했다. 커밍스는 "자전거 신문에 실린 얘기야."라고 말했다.

4월 22일. 최근에 캐리가 어떤 장치로 손톱을 자주 문지르는 것을 목격하고 내가 뭘 하는 것이냐고 물었다. 그녀가

"아, 매니큐어 칠하려고요. 이게 대유행이래요."라고 대답했다. 나는 "추측건대 제임스 부인이 가르쳐 준 것 같군."라고 말했다. 캐리가 웃으며 "그래요. 하지만 지금은 모두가 이렇게 해요."라고 말했다.

제임스 부인이 우리 집에 오지 않았으면 좋겠다. 그녀는 올 때마다 새로운 어떤 어리석은 짓을 캐리의 머릿속에 심어 준다. 조만간 제임스 부인에게 환영하지 않는다고 분명히 말할 것 같다. 캐리에게 짙은 회색 종이에 흰 잉크로 편지를 쓰게 한 사람도 제임스 부인일 것으로 확신한다. 어처구니없다!

4월 23일. 사우스엔드의 룹킨 부인으로부터 편지를 받았다. 기차가 토요일에 들어온다는 정보와 함께 우리가 방문 약속을 지켜 주길 바란다는 내용이 적혀 있었다. 편지는 '우리 집에 꼭 오셔서 주무시고 가셔야 합니다. 로열 호텔 비용 절반만 받을게요. 전망은 똑같이 좋습니다'라며 끝맺었다. 편지지 꼭대기 주소란에 '룹킨 가족 상업 호텔'이라고 적혀 있었다.

나는 부득이하게 '그녀의 친절한 초청을 거절'해야만 하겠다고 편지를 썼다. 캐리가 아주 빈정대는 투의 편지라고 생각했는데, 그게 정답이다.

그건 그렇고, 다시는 밤에 옷감 패턴 고르는 일은 없을 것이다. 정원 손질할 때 입을 아래위가 같은 한 벌의 옷을 주문했는데, 가스 등불 아래에서 고른 패턴은 차분하고 희끗희끗한 색에 수직으로 흰 줄무늬가 섞여 있는 것처럼 보였었다. 놀랍게도 오늘 아침 도착한 옷은 반짝이 정장이었다. 밝은 노란색 줄무늬에 초록색이 많이 섞여 있었다.

상의를 입어 보았다. 캐리가 낄낄거리고 웃는 모습을 보며 짜증이 났다. 캐리는 "도대체 무슨 혼합색을 주문한 거예요?"라고 물었다.

나는 "차분한 검은색과 흰색 점들의 혼합."이라고 대답했다.

캐리는 "글쎄요. 솔직하게 말하라면… 겨자색에 좀 더 가까운데요."라고 말했다.

19

예전 학교 동창 테디 핀스워스를 만났다. 그의 삼촌 집에서 유쾌하고 차분한 저녁 식사를 했다. 그런데 내가 핀스워스의 그림들에 대해 몇 가지 곤란한 실수를 하는 바람에 분위기를 망쳤다. 꿈에 대한 논의.

4월 27일. 평소보다 퇴근이 조금 늦어져서 서두르고 있는데 어떤 남자가 나를 불러 세우더니 "안녕하세요, 아는 얼굴이군요." 하고 말했다. 나는 정중하게 "아마 그럴 겁니다. 저는 그들을 모르지만 많은 사람이 저를 알고 있죠."라고 대답했다. 그는 "당신도 저를 압니다. 테디 핀스워스입니다."라고 말했다. 그렇다. 내가 아는 사람이었다. 그는 나와 같은 학교를 다녔다. 나는 아주 오랫동안 그를 보지 못 했다.

그러니 그를 알아보지 못한 것도 놀랄 일은 아니지 않는가! 학교에 다닐 때는 적어도 그가 나보다 머리 하나만큼 키가 컸었다. 지금은 반대로 내가 머리 하나만큼 키가 큰 데다 그는 덥수룩한 턱수염이 거의 회색으로 변해 있었다. 와인이나 한잔(나는 절대로 하지 않는 일) 하자던 그는, 자기는 미들스보로에 살고 있으며 그곳에서 마을 부서기관으로 일한다고 했다. 그 직책은 런던의 서기관만큼이나 높은 자리였다. 실은 그보다 더 높은 자리다. 그는 런던의 (핀스워스와 풀트웰 가의) 에드거 폴 핀스워스 삼촌 집에서 며칠 머물 예정이라고 덧붙였다. 그는 삼촌이 나를 보면 분명 기뻐하실 거라고 말하며, 삼촌은 머스웰 힐 역에서 걸어서 1, 2분 거리에 있는 와트니 라쥐란 아담한 집에 산다고 했다. 나는 우리 집 주소를 알려 주고 그와 헤어졌다.

저녁에, 놀랍게도 그가 (캐리를 포함하여) 내일(일요일) 오후 두 시에 같이 식사를 하자며 아주 멋진 편지 한 통을 들고 방문했다. 캐리는 가고 싶어 하지 않았다. 테디 핀스워스가 동의해 달라며 우리에게 무언의 압력을 넣었다. 캐리는 세라를 정육점에 보내 내일 먹으려고 주문한 양고기 다리 반쪽을 취소했다.

4월 28일. 일요일. 와트니 라쥐는 생각보다 훨씬 멀어서, 우리는 시계가 두 시를 알릴 때쯤에야 덥고 불편한 기분을 느끼며 그곳에 도착했다. 설상가상 큰 콜리 개[62] 한 마리가 우리를 맞으려고 뛰어나왔다. 시끄럽게 짖으며 캐리에게 뛰어오른 개는 그녀가 처음으로 입은 얇은 치마를 진흙으로 도배해 버렸다. 테디 핀스워스가 나와서 개를 쫓으며 사과했다. 우리는 아름답게 장식한 응접실로 안내를 받았다. 그곳엔 작은 장식품들이 가득했고, 벽에는 접시 몇 개가 걸려 있었다. 페인트칠이 된 작은 목제 발판 몇 개와 폴 핀스워스의 조카딸들—테디의 사촌들—중 하나가 색칠한, 나무로 만든 벤조[63]도 보였다.

정말 눈에 띄게 잘 생긴 노년의 신사 같은 폴 핀스워스 씨는 캐리를 무척이나 정중하게 대했다. 벽에 걸린 엄청나게 많은 수채화들은 선명한 색상을 띠며 각각 다른 인도의 풍경을 담고 있었다. 핀스워스 씨는 '심즈'가 그린 작품이라고 하며, 지역 판매처에서 액자를 포함해 작품당 고작 몇 실링에 그림을 구매했다고 말했다. 그리고 그림을 평가할 수준은 안 되지만 미술 권위자의 말에 따르면 수백 파운드의 값어치가 나간다고 덧붙였다.

거기엔 또 크레용으로 그린, 멋진 액자에 담긴 큰 그림도 있었다. 종교적 주제를 담은 듯했다. 나는 실물 같은 그림 속의 레이스 옷깃에 무척 감명을 받았다. 안타깝게도 나는 그림 속 인물의 표정에서 뭔가 만족스럽지 못한 것이 느껴진다는 발언을 하고 말았다. 초췌해 보였다. 핀스워스 씨는 비탄에 잠겨 "그래요. 사후에 그린 얼굴입니다. 제 아내의 언니 되시죠."라고 말했다.

끔찍할 정도로 어색함을 느낀 나는 그에게 고개를 숙여 사과하고 낮은 목소리로 기분 상하지 않으셨으면 좋겠다고 말했다. 우리는 몇 분간 침묵에 잠겨 그림을 응시하며 서 있었다. 핀스워스 씨가 손수건을 꺼내더니 "그녀는 작년 여름 우리 집 정원에 앉아 있었습니다."라고 말하며 코를 세게 풀었다. 그가 감정에 휩싸인 것 같아서 나는 다른 작품을 보기 위해 몸을 돌렸다. 그리고 붉은 얼굴에 밀짚모자를 쓴 아주 즐거워 보이는 중년 신사의 초상화 앞에 섰다. 핀스워스 씨에게 "이 유쾌한 표정의 신사분은 누구시죠? 세월에 조금도 찌들지 않은 모습이군요." 하고 내가 물었다. 핀스워스 씨가 "그래요. 그 역시 죽은 제 동생입니다."라고 대답했다.

나는 어색함으로 극도의 공포에 휩싸였다. 다행스럽게도 이때 캐리가 핀스워스 부인과 함께 안으로 들어왔다. 부인은 캐리가 보닛을 벗고 치마를 정돈할 수 있도록 그녀를 위층으로 안내했었다. 그때 테디가 "쇼트*Short* 씨가 늦었습니다."라고 하며 어떤 신사의 도착을 알렸고, 나에게 그 신사를 소개하며 "쇼트 씨 알지?"라고 말했다. 나는 웃으면서, 난처한 질문이지만 쇼트*Short* 씨를 알기까지 긴*Long* 시간이 걸리지 않았으면 좋겠다고 말했다. 내가 웃으며 두 번씩이나 그 말을 반복했음에도 테디는 나의 농담을 이해하지 못

하는 것 같았다. 갑자기 오늘이 일요일이라는 것과 쇼트 씨가 매우 *까다로운Short* 사람일지도 모른다는 생각을 했다.

이 점에 있어서는 내가 잘못 생각했다. 왜냐하면 식사 후 쇼트 씨가 말하는 걸 여러 번 지켜본 결과 전혀 까다로운 사람이 아니었기 때문이다. 사실 나는 어쩌다 기회가 생겨 핀스워스 부인에게, 부인이 가끔 쇼트 씨를 약간 창피하게 생각하는 것 같아 두렵다는 말로 그를 평가한 적이 있는데, 그런 내가 무척 부끄러웠다. 그녀는 놀랍게도 "오, 아시잖아요. 그를 알게 된 건 영광이에요."라고 말했다. 사실 나는 잘 모른다. 그래서 사과의 의미로 고개를 숙였다. 도대체 왜 쇼트 씨를 아는 것이 영광인지 모르겠다.

식사 시간에 나를 짜증나게 하는 일이 또 있었다. 캐리를 덮친 콜리 개를 식탁 아래로 불러들인 것이다. 녀석은 내가 발을 움직일 때마다 계속해서 으르렁거리며 내 부츠를 덥석 물었다. 다소 신경이 쓰였던 내가 핀스워스 부인에게 개에 대해 얘기했더니, 그녀는 "그냥 노는 것뿐이에요."라고 대답했다. 그녀가 갑자기 자리에서 일어나더니, 그동안 밖에서 발톱으로 문을 할퀴고 있던 끔찍하게 못생긴 빕스라고 불리는 스패니얼 개 한 마리를 안으로 불러들였다. 이 개도 내 부츠를 좋아하는 것 같았다. 나중에야 알게 된 사실이지만, 빕스는 내 부츠의 검은색 구두약을 홀라당 핥아먹었다. 그런 구두를 사람들에게 보여 주는 건 정말 창피한 일이었다. 정말이지 핀스워스 부인은 대단한 욥의 위안 자[64]가 아니다. 그녀는 "오, 우리는 빕스가 손님에게 저렇게 행동하는 것에 익숙해요."라고 말했다.

맥주를 마신 후에, 그렇게 하는 것이 괜찮은 건지 모르겠지만, 핀스워스 씨가 멋진 포트와인을 청했다. 그 때문에 약간 졸렸는데, 쇼트 씨가 '영광스러운 사람'으로 보이는 효과도 있었다. 4월이지만 날씨가 추워서 응접실에 불을 지폈다. 우리는 난로 옆 안락의자에 앉았고, 테디와 나는 학창 시절 얘기를 하며 감상에 젖었다. 우리의 얘기는 다른 사람 모두를 잠에 빠지게 하는 효과를 낳았다. 무엇보다 나는 쇼트 씨를 잠에 빠지게 해서 기뻤다.

우리는 네 시까지 그곳에 머물다 집으로 돌아왔다. 오는

| 그 역시 죽었습니다

길은 광택이 나지 않는 내 신발을 보고 낄낄대며 웃는 몇 명의 바보들 때문에 무척 인상적이었다. 집에 와서 나는 손수 부츠에 광을 냈다. 저녁에 예배를 보러 갔지만, 잠이 와서 도저히 깨어 있을 수가 없었다. 다시는 맥주와 와인을 섞어 마시지 않겠다.

4월 29일. 루핀의 무시에 조금씩 무덤덤해지고 있다. 캐리는 어느 정도 그럴 자격이 있으므로 그녀가 그러는 건 신경 쓰지 않는다. 하지만 아내, 아들, 그리고 커밍스와 고잉이 동시에 날 무시하는 건 참기 힘들다.

저녁에 고잉과 커밍스가 집에 들렀다. 문득 며칠 전 꾸었던 이상야릇한 꿈이 떠오른 나는 그것에 대해 얘기하고 싶다는 생각이 들었다. 꿈속에서 어떤 가게 안에 있는 거대한 얼음덩어리들을 보았는데, 그 얼음 뒤에서 눈부신 빛이 났다. 상점 안으로 걸어 들어가자 그 열기가 나를 압도했다. 얼음덩어리들이 불 위에 놓여 있었다. 모든 게 너무 생생하고 너무도 초현실적이라서 나는 식은땀을 흘리며 잠에서 깨어났다. 루핀이 지금껏 본 것 중 가장 경멸적인 태도로 "무슨 말 같지도 않은 소리예요!"라고 말했다.

고잉은 내가 대답하기도 전에, 다른 사람의 꿈 이야기를 듣는 것만큼 재미없는 일도 없다고 말했다.

커밍스에게 호소했지만, 그도 다른 사람들의 생각과 같

다며 내 꿈이 아주 터무니없다고 말했다. 나는 "정말 생생했어!"라고 말했다. 고잉이 "그래, 자네에겐 그럴 수도 있겠지. 하지만 우린 그렇지 않아."라고 말했다. 고잉의 말에 모두가 자지러지게 웃었다.

그때까지 아무 말도 없던 캐리가 "내 남편은 이 바보 같은 꿈 이야기를 거의 매일 아침마다 저에게 한답니다."라고 말했다. 내가 "여보, 좋아. 내가 약속하는데 이제 평생 당신에게나 그 누구에게도 내 꿈에 대해 얘기하지 않을게."라고 말했다. 루핀이 "옳소! 옳소!"라고 말하더니 자기 잔에 맥주를 따랐다. 다행히 이야기의 주제가 바뀌었다. 커밍스가 말보다 자전거가 더 뛰어나다는 아주 흥미로운 기사를 우리에게 읽어 주었다.

20

하드퍼 허틀 씨를 만나기 위한 프랜칭 씨 집에서의 저녁 식사.

5월 10일. 팩함에 사는 프랜칭 씨로부터, 오늘 저녁 일곱 시 미국 신문에 작품을 싣고 있는 아주 똑똑한 작가 하드퍼 허틀 씨를 만나는 식사 자리에 우리 부부를 초대한다는 편지 한 통을 받았다. 너무 촉박하게 통보한 것을 사과한 프랜칭 씨는 처음에 참석하기로 한 두 명의 손님이 마지막에 약속을 지키지 못하게 돼서, 빈자리를 채울 진정한 친구로 우리를 고려하게 되었다고 했다. 캐리가 초대에 이의를 제기했다. 하지만 나는 프랜칭 씨가 매우 부유한 데다 영향력 있는 사람이라 그의 기분을 상하게 할 염려는 없다고 설명했다. 나는 "그리고 분명 멋진 저녁과 좋은 샴페인을 대접받을 거야."라고 말했다. 캐리는 날카롭게 "그건 당신과 어울리지 않아요."라고 말했다. 나는 캐리의 말을 못 들은 척했다. 프랜칭 씨는 답신을 전보로 보내 달라고 요청했다. 편지에 복장에 대한 얘기가 전혀 없어서, 우리의 이름은 빼고 '기쁘게 참석하겠습니다. 그런데 복장은 정장인가요?'라고 전보를 적어 보냈는데, 전보 비용이 6펜스나 나왔다.

옷을 챙겨 입기 위한 시간을 벌기 위해 일찍 퇴근해야 했다. 우리는 복장에 대한 지시를 전보로 받았다. 캐리를 프랜칭 씨 집에서 만나고 싶었지만, 캐리가 그렇게 하고 싶지 않다고 해서 집까지 그녀를 데리러 가야만 했다. 홀리웨이에서 팩함까지는 어찌나 멀던지! 사람들은 왜 그렇게 먼 곳에 사는 걸까? 승합마차를 갈아타려고 서둘렀더니 시간이 많이 남았다. 여섯 시 40분에 도착했기 때문이다. 프랜칭 씨가 방금 옷을 입기 위해 위층으로 올라갔다고 하인이 전했다. 그는 시계가 일곱 시를 치자마자 바로 내려왔다. 매우 급하게 옷을 입은 것이 분명했다.

상당히 기품 있는 파티였다. 비록 개인적으로 아는 사람은 없지만 모두 대단한 상류층 같았다. 전문 접대원을 고용한 프랜칭 씨는 비용을 신경 쓰지 않은 것이 분명했다. 장식용 꼬마전구로 주위를 둘러싼 테이블 위에 꽃들이 놓여 있어서 정말 아름다웠다. 고급 와인과 충분한 양의 샴페인을 준비한 프랜칭 씨는, 자신은 최고의 와인과 샴페인만을 원한다고 했다. 열 명의 손님은 각자 메뉴 카드[65]를 하나씩 받았다. 어떤 숙녀분이 자기는 항상 메뉴 카드를 모은다며 손님들에게 카드 뒤에 이름을 적어달라고 부탁했다.

당연히 중요한 손님 허틀 씨만 빼고 우리 모두는 그녀가 시키는 대로 했다.

파티는 프랜칭 씨, 하드퍼 허틀 씨, 사무엘 힐버터 씨 부부, 필드 부인, 퍼딕 씨 부부, 프랫 씨, 알 켄트 씨, 그리고 마지막으로 역시 중요한 찰스 푸터 씨 부부가 참석했다. 프랜칭 씨는 나에게 식사 시중을 들 하녀가 따로 없어서 미안하다고 했다. 나는 그게 오히려 낫다고 대답했다. 나중에 생각해보니 아주 무례한 말이었다.

식사 자리에서 나는 필드 부인 옆에 앉았다. 그녀는 박식해 보이긴 했지만 귀가 약간 어두웠다. 하지만 하드퍼 허틀 씨가 대부분의 얘기를 했기 때문에 큰 문제는 없었다. 그는 기가 막힐 정도로 지적인 사람이었고, 그의 말로 사람들을 깜짝 놀라게 했다. 그의 멋진 말들을 4분의 1이라도 기억한다면 얼마나 좋을까. 나는 그의 말들을 떠올릴 수 있도록 메뉴 카드에 몇 자 적어 두었다.

너무 강력해서, 나는 누군가의 말 한마디에 깜짝 놀랐다. 물론 내 생각에 그랬다는 말이다. 퍼딕 부인이 갑자기 "허틀 씨, 당신은 분명 정통이 아니에요."라고 말했다. 허틀 씨가 특이한 표정(지금은 그 표정이 기이하다는 것을 알겠다)을 지으며 느리지만 풍부한 성량으로 "퍼딕 부인. '정통'이란 말은 고루해 빠진 사람을 빗대어 과장할 때 쓰는 단어입니다. 만약 콜럼버스와 스티븐슨[66]이 정통이었다면 미 대륙과 증기 기관차는 발견하지 못 했을 겁니다."라고 말했다. 주위가 조용해졌다. 내 생각에 그런 가르침은 전적으로 위험해 보였지만, 거기에 논쟁의 여지는 없다고 느꼈다. 분명 모두가 그렇게 느꼈을 것이다. 잠시 후, 프랜칭 씨의 누님이자 파티에서 안주인 역할을 하던 퍼딕 부인이 탁자에서 일어나는 것을 보고 허틀 씨가 "아니, 숙녀분들, 벌써 자리를 뜨시려고요? 저희가 담배 한 대 필 때까지만 기다려 주시면 안 될까요?"라고 말했다.

효과는 짜릿했다. 허틀 씨의 매력적인 사교성에 마음을 빼앗긴 숙녀들(캐리를 포함해서)은 즉시 자리로 되돌아와서

| '정통'이란 말은
과장할 때 쓰는 단어입니다

마음껏 웃고 즐기며 소소한 농담을 나누었다. 허틀 씨가 "어쨌든. 이건 정말 좋은 징조예요. 더는 '정통'이라 불리는 것으로 모욕 받는 일은 없을 겁니다."라고 말했다. 총명하고 아주 예리한 여자 같았던 퍼딕 부인은 "허틀 씨, 우린 당신과 중간에서 만날 겁니다. 제 말은 당신이 담배를 중간까지 피웠을 때를 말하는 겁니다. 좌우지간, 그것이 '중도中道' 아니겠어요."라고 말했다.

'중도中道'라는 말이 허틀 씨에게 어떤 영향을 주었는지 나는 결코 잊지 못할 것이다. 그 말에 대한 허틀 씨의 해석은 훌륭하면서도 가장 대담했다. 그는 분명 나를 놀라게 했다. 그는 "정말, 중도군요. 그런데 중도란 말이 두 단어로 된 '끔찍한 평범함'을 의미한다는 걸 아시는지요? 말하자면, 일등석 아니면 삼등석으로 타자. 공작부인 아니면 그녀의 식모하고 결혼하지 뭐. 이런 거겠죠. 중도는 품위를 뜻하고, 품위는 김빠짐을 의미합니다. 그렇지 않나요, 푸터 씨?"라고 말했다.

개인적인 의견을 묻는 그의 질문에 깜짝 놀란 나는 변명하듯 고객만 끄떡이고, 그것에 대해 의견을 개진할 능력은 못 된다고 말했다. 캐리가 무슨 말을 하려다가 저지당했다. 그녀는 언쟁에 낄 만큼 영리하지도 않고, 어떤 주제로 허틀 씨 같은 사람과 논의하려면 대단히 똑똑해야 하기 때문에, 나는 오히려 그편이 다행스러웠다.

허틀 씨는 놀라운 웅변술로 계속해서 말을 이어갔다. 그의 웅변술에는 달갑지 않은 그의 의견으로도 긍정적인 설득을 얻어내는 능력이 있었다. "중도란 더도 덜도 아닌 저속한 미봉책일 뿐입니다. 샴페인을 사랑하는 사람이 1파인트[67]의 양이 너무 적다는 것을 알게 되면, 그는 그 병 자체를 보는 것도 싫어하고 공인된 파인트에 의지하며, 절대 브루클린 다리나 에펠탑은 건설하지 않을 겁니다. 이건 아니죠, 그는 성의 없는 사람이고, 그는 사실상 임시변통을 하는—존경할 만한—사람이며, 중도입니다. 그리고 이 사람은 기둥 네 개짜리 침대 틀을 닮은, 기둥을 치장 벽토로 마감한 포르티코[68]를 갖춘 교외 빌라에서 남은 생을 보낼 겁니다."

모두가 웃었다.

허틀 씨는 계속해서 "이런 건 빈약한 턱수염에, 텅 빈 머리에, 고리로 채우는 기성 넥타이를 하고 다니는 약해 빠진 사람이나 하는 짓이죠."라고 말했다.

이 말이 특정한 누군가를 겨냥한 것 같아서 나는 세포니에르 와인 잔을 바라보았다. 내가 고리로 채우는 넥타이를 하고 있었기 때문인데, 왜 그러면 안 되나? 만약 그런 말들이 특정인을 겨냥한 것이 아니었다면 다소 경솔했고, 그의 잇따른 말들도 그랬을 것이기 때문에 프랜칭 씨와 그의 손님들도 분명 불편함을 느꼈을 것이다. 나는 허틀 씨가 누군가를 겨냥한 것은 아니라고 생각했다. 왜냐하면 그가 "이 나라에는 그런 계층이 없죠. 하지만 미국에는 있습니다. 그런 사람들은 제게 필요 없습니다."라고 말했기 때문이다.

프랜칭 씨가 여러 번 와인을 돌리자고 제안했다. 하지만 허틀 씨는 프랜칭 씨의 말에는 귀를 기울이지 않고 마치 강연을 하듯 계속해서 말을 이어갔다.

"미국에서 우리가 원하는 것은 당신의 집입니다. 우리[69]는 떠돌이입니다. 프랜칭 씨, 당신의 소박하고 조용한 삶과 당신의 집은 매력적입니다. 과시도 가식도 없잖아요! 제가 감히 말씀드리지만, 혼자 식사를 할 때나 우리를 초대할 때나 당신의 식탁에는 별 차이가 없습니다. 당신은 개인적으로 시중을 드는 사람이 있기 때문에, 당신의 머리 뒤에서 숨을 쉬는 종업원은 고용하지 않습니다."

이쯤에서 나는 프랜칭 씨가 눈에 띄게 움찔하는 모습을 보았다.

허틀 씨는 계속해서 "오늘 저녁처럼 단지 한두 가지의 멋진 것들만 존재하는 작은 만찬 말입니다. 당신은 식료품점에 사람을 보내 6실링짜리 샴페인을 사 오는 것으로 손님들에게 모욕감을 주지는 않습니다."라고 말했다.

나는 3실링 6펜스짜리 '잭슨 프레르' 샴페인을 생각하지 않을 수 없었다.

허틀 씨는 "사실, 그렇게 하는 사람은 살인자나 다름없습니다. 그건 나약한 남자나 할 법한 일이죠. 그런 나약한 남자는 집에서 부인과 도미노 게임이나 하며 저녁을 보낼 겁니다. 그런 사람들에 대해 들어 본 적이 있습니다. 우리는 그런 사람이 이 자리에 함께하는 걸 원치 않습니다. 우리의 파티는 특별히 선별되었습니다. 지적인 대화를 따라오지 못하는 귀머거리 여자는 필요 없습니다."라고 말했다.

모든 눈이 필드 부인 쪽으로 향했다. 다행히 그녀는 가는 귀를 먹어서 그의 말을 듣지 못 했다. 그녀는 계속해서 찬성의 미소만 보냈다.

허틀 씨가 "프랜칭 씨의 테이블에는 베이스워터[70]의 2류 무도장에 나가면서 자신이 사교계에 속해 있다고 믿는 무지하고 경솔한 안주인이 없습니다. 사교계는 그녀를 모릅니다. 그런 여자는 필요 없습니다."라고 말했다.

허틀 씨가 잠시 말을 멈춘 기회를 틈타 숙녀분들이 자리에서 일어났다. 나는 마지막 기차를 놓치고 싶지 않아서 프랜칭 씨에게 죄송하지만 떠나야 한다고 조용히 얘기했다. 우리는 캐리가 쓰고 온 작은 직물 크리킷 모자를 어디에 두었는지 찾지 못 해서 정말 기차를 놓칠 뻔했다.

캐리와 내가 집에 도착했을 때는 아주 늦은 시간이었다. 거실로 들어서면서 내가 캐리에게 "캐리, 하드퍼 허틀 씨를 어떻게 생각해?" 하고 물었다. 그녀는 별 어려움 없이 "루핀하고 어찌나 닮았던지!"라고 대답했다. 나에게도 같은 생각이 엄습했다. 그날 밤 나는 두 명을 비교하느라 잠을 제대로 이루지 못 했다. 당연히 허틀 씨는 나이도 좀 더 많고 좀 더 영향력 있는 사람이다. 하지만 그가 루핀과 닮았기에, 루핀이 좀 더 나이를 먹고 영향력 있어지면 그가 얼마나 위험한 존재가 될지 걱정됐다. 한편으로는 루핀이 허틀 씨를 닮았다는 게 자랑스럽기도 했다. 허틀 씨를 닮은 루핀은 창의력도 있고, 가끔 놀라운 생각도 한다. 하지만 그런 생각들은 위험하다. 그런 생각들은 사람을 엄청난 부자나 엄청난 거지로 만들어 버린다. 그런 생각들은 사람을 만들기도 하고 부수기도 한다. 나는 항상 단순하고 세속적인 삶을 사는 사람이 더 행복하다고 생각한다. 야망이 없는 나는 그래서 행복하다고 믿는다. 퍼굽 사장과 같이 일하며 아버지의 발자취를 따라 정착한 루핀도 왠지 그런 것 같다. 이걸로 위안이된다.

21

루핀이 해고됐다. 우리는 심각한 문제에 부딪혔다. 루핀이 상당한 급료를 받고 다른 곳에 취직했다.

5월 13일. 끔찍한 불운이 닥쳤다. 루핀이 퍼굽 사장의 회사에서 해고됐다. 내가 일기를 어떻게 쓰고 있는지도 모르겠다. 나는 지난주 토요일 회사에 나가지 못 했다. 20년 동안 아파서 결근한 건 이번이 처음이다. 바닷가재 때문에 식중독에 걸렸다고 믿는다. 재수 없게 그날 퍼굽 사장도 결근했다. 우리 회사에서 가장 중요한 고객인 크로우빌론 씨가 몹시 화가 나서 사무실로 찾아와서는 구매를 취소해 버렸다. 내 아들 루핀 녀석은 확신에 차서 크로우빌론 씨를 맞았을 뿐만 아니라 그에게 제터슨 산즈 주식회사를 추천해 주었다. 내 겸허한 판단으로는, 비록 내 아들이지만, 역적 행위 같다.

오늘 아침 퍼굽 사장으로부터 루핀이 더는 회사에 필요하지 않고, 열한 시에 나와 면담하고 싶다는 편지 한 통을 받았다. 쓰라린 가슴을 안고, 나에게 싫은 소리 한 번 하지 않은 퍼굽 사장과의 면담을 걱정하며 사무실로 향했다. 아침에 루핀을 보지 못 했다. 내가 출근해야 하는 시간에도 루핀은 일어나지 않았다. 캐리는 그를 깨워봐야 좋을 것 없다고 말했다. 어쩔 줄 몰랐던 나는 사무실에서 제대로 일을 할 수 없었다.

예상대로 퍼굽 사장이 나를 불렀고, 내가 정확하게 기억하는 한 다음과 같은 대화를 나누었다.

퍼굽 사장은 "푸터 씨, 좋은 아침이군! 이건 아주 심각한 사건이야. 우리 둘 다 곧 나가 봐야 하니까, 자네 아들 해고 문제에 대해서는 더 얘기하지 않겠네. 나는 오래되고, 영향력 있고, 많은 존경을 받고 있는 이 회사의 사장이네. 그리고 이 회사에 혁신이 필요하다고 판단되면 그렇게 할 것이네."라고 말했다.

내 좋은 주인이 다소 감정적이라는 것을 읽을 수 있었던 나는 "사장님, 제가 어떤 식으로든 아들의 불온한 방해 공작에 관여했다고 생각하지는 않으시죠?"라고 말했다. 퍼굽 사장이 자리에서 일어나 내 손을 덥석 잡으며 "푸터 씨, 내가 그랬다면 자네를 의심하는 건 물론이고 나 자신도 의심하는 게 될 걸세."라고 말했다. 그 말을 듣고 지나치게 동요한 나는 감사의 뜻을 표하려다 그만 그를 거의 '노인장'이라고 부를 뻔했다.

다행히 나는 제때 자제를 하고 그를 '노 사장님'이라고 불렀다. 내 행동에 대해 도무지 설명할 길이 없었던 나는 그를 세워 둔 채 자리에 털썩 주저앉고 말았다. 물론 다시 벌떡 일어났지만, 퍼굽 사장이 그냥 앉아 있으라고 해서 너무 기뻤다. 퍼굽 사장은 "푸터 씨, 고귀한 우리 회사가 체면상 누구에게도 허리를 굽이지 않을 거란 사실을 자네도 잘 알 거네. 크로우빌론 씨가 다른 사람에게 일감을 주기로 했다고 해도—경험이 부족할 거라 생각하네—우리는 허리를 숙여 그의 주문을 구걸하지는 않을 걸세."라고 하며 다시 말을 시작했다. 나는 흥분해서 "사장님은 절대 그러실 분이 아닙니다."라고 말했다. 퍼굽 사장이 "그래. 난 구걸하지 않을 걸세. 하지만 푸터 씨, 나는 이렇게 생각하네. 크로우빌론 씨는 우리 회사에서 가장 중요한 고객이고, 고백하자면—이 얘기가 밖으로 새어 나가지 않을 테니까—그를 놓칠 여유가 없네. 특히, 지금처럼 사업이 번창하지 않을 때는 말이야. 이제 자네가 도움이 돼 줬으면 좋겠네."라고 말했다.

나는 "퍼굽 사장님, 밤낮으로 사장님을 위해 일하겠습니다."라고 대답했다.

퍼굽 사장이 "그럴 거란 걸 잘 아네. 자네가 해 줬으면 하는 건 이런 걸세. 자네가 직접 크로우빌론 씨에게 편지를 써서—물론 자네가 하는 일을 내가 알고 있다고 그가 생각하게 해서는 절대 안 되네—일개 사원(사실상 아주 미숙한)인 자네 아들이 회사가 자네에게 갖는 신뢰를 이용해서 그런 잘못을 저질렀다고 설명해 주게. 물론 이건 사실이기도 하네. 자네에게 아들에 대해 너무 강하게 말하라는 건 아니네. 한마디 덧붙이자면, 만약 루핀이 내 아들이었다면 나는 그의 방해 공작을 끝없이 비난했을 걸세. 그건 자네가 알아서 하게. 내가 바라는 결과는 크로우빌론 씨가 자신의 바보 같은 행동에 대해 눈을 뜨는 것이고, 우리 회사는 품위 면에서나 금전적으로나 고통 받지 않는 걸세."라고 말했다.

나는 퍼굽 사장이 정말 고귀한 사람이라는 생각을 떨칠 수 없었다. 그의 태도와 말하는 방식은 사람들을 존경심으로 전율하게 만드는 것 같다.

나는 "제가 편지를 보내기 전에 한 번 읽어 보시겠습니까?"라고 말했다.

퍼굽 사장은 "아니야, 아냐! 난 아무것도 모르고 있어야 하는 것 아닌가. 자네를 전적으로 믿네. 그러니 아주 주의 깊게 편지를 써야 하네. 사무실에 일이 별로 없으니, 내일은 오전이나 하루쯤은 사무실에 나오지 말게. 내일은 내가 온종일 사무실에 있겠네. 사실은 일주일 내내 사무실에 있을 생각이네. 크로우빌론 씨가 찾아올지도 모르니까 말이야."
라고 말했다.

약간 흥에 겨워 집으로 돌아온 나는 고잉이나 커밍스, 아니 어느 누가 저녁에 찾아와도 만날 수 없다는 말을 세라에게 남겼다. 루핀이 새 모자를 쓰고 응접실로 들어오더니 모자가 어떠냐고 내게 물었다. 나는 모자 따위나 판단할 기분이 아니라고 하며 그에게 모자를 살 처지는 아닌 것 같다고 말했다. 루핀은 태평하게 "산 게 아니라 선물로 받았어요."라고 말했다.

나는 루핀에게 강한 의심을 품고 있으면서도 그의 대답이 무서워서 그에게 질문조차 하고 싶지 않았다. 하지만 그가 내 고충을 덜어 주었다.

그가 "친구를 만났어요. 늙은 친구죠. 그때는 친구라고 생각하지 않았는데 그건 문제가 아니에요. 그가 현명하게도 이렇게 말했어요. '사랑과 전쟁은 수단을 가리지 않는다.' 우리가 친구가 되지 못 할 이유는 어디에도 없었어요. 그는 유쾌하고, 멋지고, 다재다능한 그런 친구예요. 허영심에 찬 바보 같은 퍼곱 씨와는 차원이 다른 사람이죠."라고 말했다.

내가 "루핀, 조용히 해라! 제발 상처 난 곳에 고춧가루 뿌리지 말고."라고 말했다.

루핀이 "상처 난 곳이라니요? 그게 무슨 뜻이죠? 다시 말하지만, 전 어떤 상처도 낸 적이 없어요. 크로우빌론 씨는 그냥 정체되고 고루해 빠진 회사에 신물이 나 있었고, 그는 단지 거래처를 바꾼 것뿐이에요. 전 그냥 사업상 새로운 회사를 소개해 준 것뿐이고요. 좋은 사업이죠."라고 말했다.

내가 나지막이 "난 네가 쓰는 속어가 무슨 뜻인지 이해하지 못하겠구나. 그리고 내 나이가 되면 그런 걸 배울 마음도 없어져. 그러니 루핀아, 내 아들아, 대화 주제를 바꾸자꾸나. 너만 괜찮다면 네 새 모자 얘기에 관심을 두려고 노력해 보마."라고 말했다.

루핀이 "포쉬 씨를 결혼식 때 보고 한 번도 본 적 없다는 것 빼고 별다른 얘기는 없어요. 그리고 저를 봐서 기쁘다며 친구가 되자고 했어요. 제가 우정을 쌓고자 술을 한 잔 샀죠. 그랬더니 그가 제게 모자를 하나 사 줬어요. 자기 회사 모자로."라고 말했다.

나는 듣고 있기 피곤하다는 듯이 "그런데 넌 나이 든 네 친구의 이름은 말하지 않았잖니?"라고 말했다.

루핀이 태연한 척하며 "아, 안 했던가요? 음, 말씀드릴게요. 머레이 포쉬예요."라고 말했다.

5월 14일. 늦게야 아래층으로 내려온 루핀이 오전 내내 집에 있는 나를 보고 그 이유를 물었다. 나와 캐리는 내가 쓰고 있는 편지에 대해 루핀에게 말하지 않는 것이 좋겠다고 동의했었다. 그래서 나는 그의 질문에 답하지 않았다.

루핀은 시내에서 머레이 포쉬와 점심 약속이 있다고 했다. 나는 머레이 씨가 루핀에게 일자리를 제공해 줬으면 좋겠다고 말했다. 루핀이 웃으며 "포쉬의 균일 가 모자를 쓰는 건 괜찮아요. 하지만 그걸 팔지는 않을 거예요."라고 말하며 집을 나갔다. 한심한 녀석, 나는 루핀이 아무런 희망 없이 산다는 게 두렵다.

크로우빌론 씨에게 편지를 쓰는데 거의 하루가 걸렸다. 한두 번 캐리에게 의견도 물어보았다. 배은망덕한 말일지도 모르겠지만, 캐리의 제안은 모두가 핵심을 빗나갔고 그중 몇 개는 완전 멍청이 같은 소리였다. 물론 그렇게 얘기하지는 않았다. 편지를 끝맺고 그걸 퍼굽 사장에게 보여 주려고 사무실로 갔다. 하지만 그는 다시 한 번 나를 신뢰한다는 말만 반복했다.

저녁에 집에 들른 고잉에게 루핀과 퍼굽 사장에 대한 얘기를 할 수밖에 없었다. 놀랍게도 그는 루핀의 편을 들었다. 캐리가 대화에 끼어들어 내가 그 문제를 너무 비관적으로 보는 것 같다고 말했다. 고잉이 우울할 때 좋다며 견본품으로 받은 1파인트짜리 마데이라 와인[71]을 꺼냈다. 내가 감히 말하지만, 와인이 좀 더 많았다면 그랬을 것이다. 고잉이 석 잔을 마셔버려서 캐리와 내가 우울함을 달랠 마데이라 와인은 얼마 남아 있지 않았다.

5월 15일. 매 순간 크로우빌론 씨의 편지를 기다리고 있었기 때문에 엄청나게 초조한 하루였다. 저녁에 두 통의 편지를 받았다. 하나는 봉투 뒷면에 크게 금적색 글씨로 '크로우빌론 홀'이라고 인쇄된 나에게 온 편지였고, 다른 하나는 루핀이 크로우빌론 씨에게 소개한 제터슨 산즈 주식회사에서 루핀에게 보낸 편지였는데, 뜯어보고 싶었다. 크로우빌론 씨의 편지를 개봉할 때는 좀 떨렸다. 나는 그에게 16페이지에 달하는 편지를 빽빽하게 채워서 보냈는데, 그는 열여섯 줄도 안 되는 답장을 보냈다.

편지에는 이렇게 적혀 있었다.

푸터 씨,

저는 당신의 말에 전적으로 동의할 수 없습니다. 선생님의 아들은, 5분 정도 나눈 대화에서, 당신의 회사가 지난 5년 동안 제게 준 어떤 정보보다 많은 정보를 제게 주었습니다.

그럼 안녕히 계십시오.

길버트 E. 길람 O. 크로우빌론.

어떻게 해야 하나? 감히 퍼굽 사장에게 보여 줄 수도 없고, 무슨 일이 있어도 루핀에게는 보여 주고 싶지 않은 편지였다. 재앙은 바로 시작되었다. 집으로 돌아와 자신의 편지를 뜯어본 루핀이 크로우빌론 씨에게 새 회사를 소개한 대가로 받은 25파운드 수표를 보여 주었기 때문이다. 이로써 퍼굽 사장과의 거래는 완전히 끝이 났다. 집에 들른 커밍스와 고잉 둘 다 루핀의 편을 들었다. 커밍스는 루핀이 드디어 유명세를 떨칠 거라고까지 말했다. 나는 "그래. 하지만 어떤 종류의 유명세 말인가?"라고밖에 물어볼 수 없어서 우울했던 것 같다.

5월 16일. 편지의 내용을 바꿔 퍼굽 사장에게 보고했더니, 퍼굽 사장은 "제발, 그 문제는 이제 논하지 맙시다. 다 끝난 일 아닌가. 자네 아들은 그 때문에 벌을 받을 걸세."라고 말했다. 나는 그날 저녁 가망 없는 루핀의 미래를 생각하며 집으로 돌아왔다. 야회복을 입은 사치스러운 루핀의 모습을 보았다. 그가 나에게 읽으라며 탁자에 편지 한 통을 던졌다.

놀랍게도 제터슨 앤 산즈가 기타 수당을 포함해서 연봉 2백 파운드에 루핀을 정식 직원으로 고용한다는 내용이었다. 편지를 세 번이나 자세히 읽으며 틀림없이 나를 위한 것이라고 생각했다. 하지만 분명히 루핀 푸터라고 적혀 있었다. 나는 침묵을 지켰다. 루핀은 "퍼굽 회사의 연봉은 어때요, 주인장? 제 말대로 하세요. 퍼굽 회사에서 '떨어져 나와' 미래의 회사 제터슨에 달라붙으시라고요! 퍼굽 씨의 회사? 정체된 그 멍청이 회사는 몇 년간 현상만 유지하다 이제는 후

퇴하고 있어요. 전 계속 전진하고 싶어요. 사실, 오늘 저녁 머레이 포쉬 사람들과 저녁을 같이 하기로 해서 나가봐야 해요."라고 말했다.

활기가 넘치던 그는 지팡이로 자신의 모자를 치고 크게 '우압!'하는 소리를 내며 의자를 뛰어넘더니, 나에게 그의 나이와 부모에 대한 존경이 무엇인지 상기시켜 줄 틈도 주지 않고 무례하게도 내 이마 위의 머리카락을 헝클어뜨리며 방을 빠져나갔다.

고잉이 "루핀이 성공할 거라고 내가 늘 말했지. 내 말 듣게. 그의 머릿속에는 우리 셋을 합친 것보다 더 많은 것이 들어 있어."라고 말했다.

캐리가 "제2의 하드퍼 허틀이죠."라고 말했다.

22

마스터 퍼시 에드거 스미스 제임스. 서턴에 사는 제임스 부인이 다시 우리를 방문해서 '영적 교령회'[72]를 소개했다.

5월 26일. 일요일. 우리는 식사를 마치고 제임스 부부와 미트 티를 마시기 위해 서턴으로 갔다. 나는 두 시에 먹은 점심이 과해서 입맛이 없었다. 우리의 저녁 시간은, 내가 보기에 완전히 망가진 꼬마 퍼시—제임스 부부의 외동아들—때문에 망쳤다.

퍼시는 두세 번 내게 다가와 의도적으로 내 정강이를 걷어찼다. 한 번은 너무 아프게 걷어차서 눈물이 났다. 내가 그를 조용히 타이르자 제임스 부인은 "제발 혼내지 마세요. 전 아이를 엄하게 다루는 게 좋다고 믿지 않아요. 오히려 성격을 망치죠."라고 말했다.

갑자기 꼬마 퍼시가 귀청이 터질 듯한 고함을 질렀다. 캐리가 진정시키려 하자 퍼시가 그녀의 얼굴을 찰싹 때렸다.

무척 짜증이 났던 나는 "제임스 부인, 저는 아이를 이렇게 키우지 않습니다."라고 말했다.

제임스 부인은 "사람마다 양육 방법이 다르죠. 당신 아들 루핀만 하더라도 절대표준은 아니잖아요."라고 말했다.

메쯔니 씨(내 생각에 이탈리아 사람 같다)가 퍼시를 자신의 무릎에 앉혔다. 꼼지락거리던 아이가 발길질을 해서 메쯔니 씨 무릎을 벗어나더니 "당신 얼굴이 더러워서 싫어요."라고 말했다.

아주 멋진 신사 버크스 스푸너 씨가 아이의 손목을 잡으며 "애야, 이리 오너라. 와서 이걸 들어보렴." 하고 말했다.

그가 줄에 달린 크로노미터[73]를 분리해서 여섯 시에 맞췄다.

끔찍하게도, 그의 손에서 시계를 낚아챈 아이는 마치 공을 튀기듯 그걸 땅바닥에다 내팽개쳤다.

상냥한 버크스 스푸너 씨는, 유리는 쉽게 교체할 수 있고 내부 장치들은 고장 나지 않았을 거라고 말했다

캐리는, 사람마다 얼마나 생각이 다른지 보여 주려는 듯, 퍼시가 성마른 기질이긴 해도 그건 외형상 나타나는 결점일 뿐 속마음은 의심의 여지없이 아름다운 아이라고 말했다.

틀릴 수도 있겠지만, 나는 퍼시보다 추한 아이는 보지 못했다. 내 의견일 뿐이다.

ㅣ 마스터 퍼시 에드거 스미스 제임스

5월 30일. 왠지 나는 서턴에 사는 제임스 부인이 우리 집을 방문하는 게 조금도 달갑지가 않다. 며칠 머물기 위해 그녀가 다시 오는 중이다. 아침에 출근하면서 캐리에게 "사랑하는 캐리, 내가 지금보다 제임스 부인을 좀 더 좋아했으면 좋겠어…….”라고 말했다.

캐리는 "저도 마찬가지예요. 하지만 저도 수년 동안 저속한 고잉 씨, 친절하지만 정말 재미없는 커밍스 씨를 오래 참으며 봐왔어요. 여보, 그러니 당신 친구 모두를 합친 것보다 작은 손가락 하나가 더 지적인 제임스 부인의 가끔 있는 방문을 당신은 신경 쓰지 않을 거라고 저는 확신해요."라고 말했다.

캐리가 내 두 명의 오랜 친구에게 퍼부은 맹공에 깜짝 놀라서 나는 아무 말도 할 수 없었다. 승합마차가 오는 소리를 듣고 서둘러 입맞춤을 했는데 너무 서두른 것 같다. 내 윗입술이 캐리의 이에 닿아 약간 찢어졌기 때문이다. 한 시간가량 쓰라렸다. 저녁에 집으로 돌아왔을 때, 캐리가 플로렌스 싱글옛이 쓴 《탄생은 없다》라는 강령술[74]에 관한 책에 푹 빠져 있었다. 서턴에 사는 제임스 부인이 보내준 책이란 걸 굳이 말할 필요는 없어 보인다. 책에 빠진 캐리가 말 한마디 하지 않아서 나는 남은 저녁 시간을 가장자리가 해지기 시작한 계단 카펫을 고치며 보냈다.

제임스 부인이 도착했다. 그녀는, 늘 그렇듯, 저녁에 모든 것을 그녀의 수중에 넣어 버렸다. 제임스 부인과 캐리가 탁자 돌리기[75]를 준비하는 걸 보고 나는 단호하게 맞서야겠다고 생각했다. 나는 늘 그런 말도 안 되는 일을 경멸해 왔다. 몇 년 전 옛집에 살 때 캐리가 불쌍한 푸스터스 부인(죽은)과 매일 밤 교령회를 가졌었는데, 내가 끝장을 내버렸다. 저런 헛짓거리가 조금이라도 도움이 된다면 신경 쓰지 않겠지만. 과거에 끝장냈던 것처럼 이번에도 그렇게 하기로 마음먹었다.

나는 "죄송합니다, 제임스 부인. 오늘 저녁 저의 오랜 친구들이 방문하는 것과 무관하게 저는 이 탁자 돌리기에 전적으로 동의할 수 없습니다."라고 말했다.

제임스 부인은 "그 말씀은 푸터 씨는 《탄생은 없다》란 책을 읽은 적이 없다는 걸 의미하나요?"라고 말했다. 나는 "네. 그리고 읽고 싶은 마음도 없습니다."라고 대답했다. 제임스 부인이 놀란 듯한 표정을 지으며 "모두가 저 책에 미쳐가고Mad 있어요."라고 말했다. 나는 다소 재치 있게 "그러라고 하세요. 어쨌든 이 세상에 *미치지 않은*Sane 사람 하나는 남아 있을 겁니다."라고 대답했다.

제임스 부인은 내 말이 아주 무례하다고 생각한다며, 모든 사람이 나처럼 편협하다면 이 세상에 전신이나 전화 같은 것은 있지도 않았을 거라고 했다.

나는 그건 이 문제와 상관없는 얘기라고 말했다.

제임스 부인이 날카롭게 "어떤 면에서요? 제발 말씀해 보세요, 어떤 면에서 그렇죠?"라고 말했다.

나는 "많은 부분에서요."라고 말했다.

제임스 부인이 "그럼, 하나만 말씀해 보세요."라고 말했다.

나는 나지막이 "제임스 부인, 죄송하지만 그 문제는 논의하고 싶지 않군요. 관심 없으니까요."라고 말했다.

이때 세라가 문을 열고 커밍스를 안으로 들여보내서 나는 그것에 감사했다. 왜냐하면 어리석은 탁자 돌리기가 끝날 것으로 기대했기 때문이다. 하지만 아주 잘못된 생각이었다. 그 주제가 다시 언급되자 커밍스가 비록 믿지는 않지만 강령술에 흠뻑 빠져 있다며 기꺼이 해보고 싶다고 말했기 때문이다.

조금도 관여하고 싶지 않았던 나는 확고한 거절의 뜻을 표했다. 그 결과 나의 존재는 완전히 무시되었다. 나는 거실에서 꺼낸 작은 원형 탁자를 놓고 세 명이 둘러앉은 응접실을 나왔다. 산책해야겠다는 확실한 목적을 가지고 복도를 걸어갔다. 현관문을 열었더니 세상에나 고잉이 들어오는 것이 아닌가!

그들의 소리를 듣게 된 고잉이 우리도 모임에 참석해야 한다고 제안하며 무아지경에 빠지게 될 거라고 말했다. 그는 과거 커밍스가 했던 몇 가지 일을 알고 있고, 제임스 부인에 대해서도 몇 가지 일을 밝혀내겠다고 했다. 그게 얼마나 위험한 짓인지 알기에 나는 그가 저 바보 같은 행위에 참가하지 못하도록 했다. 세라가 30분 정도 밖에 나갔다 와도 되겠느냐고 물었다. 나는 고잉을 추운 응접실보다 부엌에 앉혀 두는 게 더 편안할 것 같다고 생각해서 그렇게 하라고 했다. 우리는 루핀과 그가 주로 저녁을 같이 보내는 머레이 씨 부부에 관해 많은 얘기를 나누었다. 고잉이 "나이 많은 포쉬 씨가 죽는다면 루핀에게는 나쁜 일만은 아닐 수도 있겠어."라고 말했다.

놀라서 심장을 두근거리던 나는 그런 주제를 놓고 농담

하는 고잉을 엄하게 꾸짖었다. 나는 그런 생각을 하며 밤의 절반은 깨어서 나머지 절반은 같은 주제로 악몽을 꾸며 보냈다.

5월 31일. 나는 세탁소 아주머니에게 단호한 내용의 편지를 썼다. 풍자로 가득한 편지라고 생각했던 나는 꽤 만족스러웠다. 나는 '색깔 없는 손수건들을 돌려보내셨군요. 아마 다음번에는 손수건의 색깔이나 가격을 돌려보내시겠죠?'라고 썼다. 그녀가 무슨 말을 할지 몹시 궁금하다.

저녁에 또 탁자 돌리기를 했다. 캐리는 "지난밤 탁자 돌리기는 어느 정도 성공적이었어요. 다시 탁자에 앉아야 해요."라고 말했다. 안으로 들어온 커밍스도 관심을 보이는 것 같았다. 나는 응접실의 가스등을 밝히고, 계단을 손보고, 다소 눈엣가시 같던 장식용 처마 돌림띠를 고쳤다. 아무 생각 없이—이런 표현을 써도 될지 모르겠지만—나는 교령회가 열리던 거실 위층의 바닥을 해머로 두 번 쾅쾅 내리쳤다. 고잉이나 루핀이 말도 안 되는 바보 같은 짓을 했을 수도 있는 황당한 소리였기 때문에 나는 나중에 미안함을 느꼈다.

그들은 절대 교령회를 언급하지 않았지만, 캐리는 다른 사람들은 잘 모르는 그녀와 내가 수년 전 알고 지낸 어떤 사람에 관한 메시지가 뛰어난 묘사로 탁자를 통해 자기에게 전달되었다고 공표했다.

잠자리에 들었을 때, 캐리가 나에게 내일 밤 탁자에 앉아 자기를 도와달라고 부탁했다. 그녀는 내가 그러고 있으니 불친절하고 다소 비사교적으로 보인다고 말했다. 나는 한 번쯤 같이 앉아 주겠다고 했다.

6월 1일. 저녁에 나는 마지못해 테이블에 앉았고, 어떤 기이한 일들이 일어났다고 인정하지 않을 수 없다. 나는 우연이라고 주장했지만 분명 기이한 일이었다. 예를 들면, 탁자가 계속해서 내 쪽으로 기울었는데, 캐리는 이 현상을 두고 내가 심령에게 질문하고 싶은 열망이라고 해석했다. 나는 규칙에 따라서 그 영혼(이름이 '리나'라고 했다)에게 내가 생각하고 있는, 그리고 우리가 늘 매기 이모라고 불렀던 늙은 이모의 이름을 말해 줄 수 있는지 물었다. 탁자가 'CAT'이라는 철자를 썼다. 처음에 우리는 그것이 무엇을 뜻하는지 알지 못했다. 내가 그녀의 중간 이름이 *캐서린Catherine*이란 것을 떠올렸다. 그게 그 영혼이 쓰려고 했던 철자가 분명했다. 나는 심지어 캐리도 이것을 알았을 것으로 생각하지 않는다. 그녀가 알았더라도 절대 속임수는 쓰지 않았을 것이다. 분명 기이한 현상임이 틀림없었다. 다른 현상도 여럿 일어나서 나는 월요일 교령회 탁자에 다시 앉기로 동의했다.

6월 3일. 집에 들른 세탁소 아주머니가 손수건 일은 정말 미안하게 됐다며 9펜스를 돌려주었다. 나는 색이 다 빠져서 손수건을 못 쓰게 되었으니 9펜스로는 부족하다고 말했다. 캐리가 홀로웨이 본 마쉐에서 할인할 때 손수건을 산 것으로 기억한다며 원래 가격은 6펜스밖에 안 된다고 했다. 나는 그렇다면 3펜스는 세탁소 아주머니에게 돌려줘야 한다고 주장했다. 루핀이 포쉬 사람들과 보내기 위해 며칠간 집을 비웠다. 이 건에 대해서는 정말 마음이 편치 않다. 캐리는 이 일을 걱정하는 내가 우스꽝스러워 보인다고 했다. 포쉬 씨는 루핀을 정말 좋아했다. 어쨌든 그는 아직 어린아이에 불과하지 않은가.

저녁에 또 다른 교령회를 가졌다. 어떤 면에서 이번은, 첫판은 좀 의심스러웠지만, 아주 놀라웠다. 고잉에 이어 커밍스까지 들어와서 교령회에 끼워 달라고 간청했다. 나는 반대하고 싶었지만, 좋은 영매(그건 것이 있기만 하다면)처럼 보이는 제임스 부인은 고잉이 참석해서 다섯 명이 탁자에 앉으면 영적인 힘이 좀 더 커질 것으로 생각했다.

내가 거실의 가스등을 켜고 탁자에 손을 내려놓기 바로 직전 탁자가 심하게 요동치며 내 쪽으로 기울더니 방을 가로질러 재빠르게 움직이기 시작했다. 고잉이 "어, 어, 조심해, 여러분 조심하세요!"라고 소리쳤다. 나는 고잉에게 바르게 행동하지 않으면 거실 불을 켜고 교령회를 끝내 버리겠다고 말했다. 사실대로 말하면, 나는 고잉이 속임수를 썼다고 생각했다. 하지만 제임스 부인은 탁자가 구르는 것을 흔하게 봤다고 했다. 리나 영혼이 다시 찾아와서 '*경고한다 WARN*'라고 서너 번 말하더니 그게 무슨 뜻인지는 설명하지 않았다. 제임스 부인은 '리나'가 가끔 고집을 부린다고 했다. 리나가 이처럼 행동할 때 가장 좋은 방법은 그녀를 돌려보내는 것이다.

그때 제임스 부인이 탁자를 날카롭게 내려치며 "리나, 꺼져라! 무례하구나. 썩 꺼져라!"라고 말했다. 우리는 아무 일도 일어나지 않는 테이블에 45분가량을 앉아 있었던 것 같다. 손이 차가워지는 것을 느낀 내가 교령회를 마치자고 제안했다. 커밍스는 물론이고 캐리와 제임스 부인도 내 말에 동의하지 않았다. 약 10분 정도가 지나 탁자가 내 쪽으로 약간 기울었다. 내가 알파벳을 제시하자 탁자가 'SPOOF'라는 단어를 썼다. 고잉과 루핀 둘 다 그 단어를 사용하는 것을 들은 적이 있고, 또 고잉이 조용히 웃는 소리를 들을 수 있었던 나는, 그 즉시 고잉이 테이블을 밀었다고 이의를 제기했다. 그가 부정했지만 유감스럽게도 나는 그의 말을 믿지 않았다.

고잉이 "어쩌면 '스푸크*Spook*'라는 유령을 뜻하는 것일지도 몰라."라고 말했다.

나는 "그런 뜻이 아니란 건 자네가 더 잘 알잖아."라고 말했다.

고잉이 "어, 잘 알지. '겁먹어서Spook' 미안해."라고 말하며 탁자에서 일어났다.

아무도 그 바보 같은 농담을 알아듣지 못 했다. 제임스 부인이 그에게 잠시 앉아 있는 것이 좋겠다고 제안했다. 고잉이 동의하고 안락의자에 앉았다.

탁자가 다시 움직이기 시작했다. 고잉의 바보 같은 간섭만 없었다면 훌륭한 교령회가 됐을 것이다. 캐리가 알파벳을 제시하자 테이블이 'NIPUL'이라는 단어를 쓰고 나서 'WARN'이라는 단어를 세 번 썼다. 커밍스가 루핀Lupin의 이름을 거꾸로 쓴 것이라고 말하기 전까지 우리는 그게 무슨 뜻인지 알지 못 했다. 정말 흥미진진했다. 유난히 흥분한 캐리는 나쁜 일이 일어나지 않기를 바란다고 말했다.

제임스 부인이 그 영혼의 이름이 '리나'인지 아닌지 물어보았다. 탁자는 확고하게 '아니'라고 대답했고, 그 영혼은 자신의 이름을 말하지 않으려 했다. 그때 우리는 NIPUL이 부자가 될 거란 메시지를 받았다.

캐리가 다소 마음이 놓인다고 말하자 탁자가 'WARN'이라는 단어를 다시 썼다. 그때 탁자가 심하게 요동치기 시작하더니, 아주 부드럽게 말한 제임스 부인의 질문에 대한 답으로 그 영혼이 자신의 이름을 쓰기 시작했다. 먼저 '마셔라DRINK'라고 썼다.

여기서 고잉이 "어, 저건 내 건데."라고 말했다.

나는 그에게 그 이름이 다가 아닐 수도 있으니 조용히 하라고 했다.

그때 테이블이 '물*WATER*'이라고 썼다.

고잉이 다시 끼어들며 "어, 저건 내 것이 아닌데. 하나는 맞지만 다른 하나는 아니야."라고 말했다.

캐리가 고잉에게 제발 조용히 해 달라고 호소했다.

그때 테이블이 '대위*CAPTAIN*'라고 쓰자 제임스 부인이 크게 소리쳐서 우리를 깜짝 놀라게 했다. "드링크워터 대위, 우리 아버지의 아주 오랜 친군데 수년 전에 돌아가셨어요."

너무 흥미진진했던 나는 강령술에 분명 뭔가 있다는 생각을 떨쳐버릴 수 없었다.

제임스 부인은 영혼에게 '경고한다*WARN*'는 말이 'NIPUL'과 어떤 관계가 있는지 설명해 달라고 요청했다. 다시 알파벳이 주어졌고, 우리는 '허튼소리*BOSH*'라는 단어를 받았다.

이때 고잉이 "그렇지, 허튼소리지."라고 하며 투덜거렸다.

완벽한 신사였던 드링크워터 대위는 숙녀의 질문에 그런 단어로 답할 분이 아니라며, 제임스 부인은 그건 이 영혼이 의미하는 바가 아니라고 말했다. 이런 이유로 새로운 알파벳이 주어졌다.

탁자가 이번에는 명확하게 'POSH'라고 썼다. 우리 모두는 머레이 포쉬 부인과 루핀을 생각했다. 캐리가 조금 난감해하는 것 같기도 하고 시간도 늦어져서 우리는 교령회를 파했다.

우리는 제임스 부인이 홀로웨이에서 마지막 밤이 되는 내일 저녁 다시 한 번 모이기로 했다. 고잉은 참석시키지 않기로 했다.

떠나기 전 커밍스가, 정말 흥미로운 모임이었지만 영혼이 자신에 대해 뭔가 얘기해 줬으면 좋겠다고 말했다.

6월 4일. 오늘 저녁의 교령회를 애타게 기다렸다. 사무실에 앉아 온종일 그 생각만 했다.

탁자에 앉자마자 노크도 없이 고잉이 들어와서 우리는 짜증이 났다.

그는 "나는 참석하지 않겠네. 대신 봉투를 가지고 왔어. 푸터 부인은 내가 믿을 수 있으니까 부탁해요. 봉투 안에 종이가 한 장 들어 있는데, 내가 영혼에게 물어보고 싶은 것을 적었어요. 만약 영혼이 이 질문에 답할 수 있다면 강령술을 믿겠어요."라고 말했다.

그건 불가능할 것 같다고 내가 조심스럽게 말했다.

제임스 부인은 "아, 아니에요. 영혼이 그런 조건에 응답하는 건 흔한 일이에요. 심지어 석고판으로 단단히 잠가둔 질문에 답을 쓰기도 하죠. 해볼 만해요. 만약 '리나'의 기분이 좋은 상태라면 분명 그렇게 해 줄 거예요."라고 말했다.

고잉이 "좋아요. 그렇다면 나는 충실한 신봉자가 될 겁니다. 아홉 시 30분이나 열 시에 결과가 어떻게 나왔는지 보러 올게요."라고 말했다.

그가 떠나고 우리는 긴 시간을 앉아 있었다. 자기가 걱정하고 있는 일에 대해 알고 싶어 했던 커밍스는 어떤 설명도 듣지 못 했다. 그래서 그는 매우 실망스럽다고 하며 탁자 돌리기에 별다른 게 없을까 걱정된다고 말했다. 나는 그런 그를 좀 이기적이라고 생각했다. 교령회는 지난밤과 비슷했다. 사실 똑같았다. 그래서 우리는 고잉이 준 편지로 관심을 돌렸다. '리나'가 질문에 답하는 데 오랜 시간이 걸렸지만, 결국 '장미ROSES, 백합LILIES, 젖소COWS'라는 단어를 얻어냈다. 이때 탁자가 심하게 흔들렸고, 제임스 부인이 "만약 드링크워터 대위라면, 그에게도 답을 물어봐 주세요?"라고 말했다.

드링크워터 대위의 혼령이었다. 너무나 이상하게, 그도 '장미ROSES, 백합LILIES, 젖소COWS'라고 똑같이 대답했다.

나는 캐리가 얼마나 가슴을 졸이며 고잉이 준 봉투를 열었는지, 또 우리가 그 질문을 읽으며 얼마나 실망했는지, 그 혼란스러움을 표현할 길이 없다. 그 답은 질문과 전혀 관계없는 것이었다. 질문은 '늙은 푸터의 나이가 몇인가요?'였다.

이로써 나는 결심했다.

내가 몇 년 전 강령술을 끝장낸 것처럼 이번에도 그렇게 하기로.

나는 대체로 좋은 게 좋은 거라고 생각하지만, 한 번 마음을 먹으면 지독하게 철저히 처리하는 사람이다.

나는 거실의 가스등을 켜고 천천히 "다시는 내 집에서 이런 터무니없는 짓은 하지 않을 겁니다. 이런 바보 같은 모임에 참가한 나 자신이 후회스럽군요. 강령술에 뭔가가 있다고 해도—있을 것으로 생각하지 않지만—좋은 건 아무것도 없을 겁니다. 그리고 다시는 안 할 겁니다. 이걸로 충분하니까요."라고 말했다.

제임스 부인이 "푸터 씨, 말씀이 좀 지나치시네요."라고 말했다.

나는 "쉬! 조용히 하세요, 부인. 제가 이 집의 주인입니다. 제발 이해하시길."라고 말했다.

제임스 부인이 의견을 말했는데, 나는 내가 잘못 들었기를 바란다. 나는 너무 화가 나서 그녀가 무슨 말을 했는지 파악하지 못 했다. 하지만 그녀가 정말 그렇게 말했다고 내가 생각했다면, 그녀는 다시는 이 집에 발을 들여놓을 수 없을 것이다.

23

루핀이 우리를 떠났다. 우리는 루핀의 새 아파트에서 식사를 하며 머레이 포쉬의 재산에 대해 특별한 얘기를 들었다. 릴리앙 포쉬 양을 만났다. 하드퍼 허틀 씨가 나를 불렀다. 중요하다.

7월 1일. 일기장을 훑어보던 나는 지난 한 달 동안 큰 사건이 일어나지 않았다는 것을 알았다. 오늘 우리는 루핀을 떠나보냈다. 그는 일주일에 40실링 하는, 그의 친구 머레이 포쉬 부부가 사는 곳과 가까운, 베이스워터에 가구가 비치된 아파트를 구했다. 현재 그가 받는 급여의 반이나 되는 가격이라서 그에게는 매우 사치스러운 아파트다. 루핀은 그곳이 멋진 곳이라 모든 사람이 알고 있고, 그의 표현을 빌리자면, 그곳에 비해 우리가 사는 브릭필드 테라스는 약간 '떨어진다Off'고 했다. 그 말이 '*거리가 떨어져 있다Far Off*'는 것을 의미하는지는 모르겠다. 내가 그의 기이한 표현들의 이해를 포기한 지도 꽤 오래됐다. 나는 브릭필드 테라스의 이웃들은 우리 부부를 늘 친절하게 대해 준다고 얘기했다. 그는 "이건 좋고 나쁘고의 문제가 아니에요. 그 동네는 가난하고, 저는 그런 외곽에서 제 인생을 썩히고 싶지 않아요."라고 대답했다.

루핀이 떠나서 우리의 마음이 안됐다. 아마도 그는 혼자서 더 잘 살아갈 것이다. 젊은 말과 늙은 말은 같은 마차를 끌 수 없다는 그의 말은 어쩌면 진실인지도 모르겠다.

집에 들른 고잉이 집이 아주 고요한 게 옛날 분위기가 난다고 했다. 그는 루핀 주인님을 무척 좋아했다. 하지만 가끔 그도 어쩔 수 없는 젊음으로부터 고통을 받았다.

7월 2일. 커밍스가 창백한 얼굴로 집에 들렀다. 그는 또 엄청나게 아팠고, 여전히 어떤 친구도 찾아오지 않았다고 말했다. 캐리가 금시초문이라고 하자 커밍스가 '자전거 신문' 한 부를 탁자 위에다 던졌다. 기사에는 '우리의 오랜 동료 사이클 선수 커밍스('긴' 커밍스) 씨가 라이Rye 도로에서 심각한 사고를 당할 뻔했습니다. 어떤 짓궂은 꼬마가 커밍스 씨의 자전거 뒷바퀴 살 안으로 막대기를 던졌는데, 그로

인해 자전거가 전복되면서 우리의 3륜 사이클리스트 형제가 바닥에 심하게 부딪혔습니다. 다행히 상처를 입기보다는 겁을 더 많이 먹었지만, 많은 사람이 모이는 칭포드 저녁 모임에서 그의 즐거운 얼굴을 보지 못해 아쉬웠습니다. 경륜의 황태자이자 우리 모임의 유명한 부회장 웨스트롭 씨가 '긴' 커밍스의 건강을 위해 건배를 들었습니다. 그는 가장 행복한 자세로 「호밀밭*Rye*에서 간신히 살아났지만*Comming Through*, 다행스럽게도 고통*Woe*보다는 자전거 바퀴*Wheel*가 더 많았습니다」라고 농담을 던져서 대단한 폭소를 이끌어냈습니다'라고 적혀 있었다.

우리 모두는 미안하다는 말을 전하고 그에게 저녁 식사를 권했다. 커밍스는 루핀이 없어 옛날 분위기가 난다고 말하고는 기분이 훨씬 좋아져서 집으로 돌아갔다.

7월 3일. 일요일. 오후에 열려 있던 거실 창밖을 내다보았더니, 옆자리에 신사 하나를 앉힌 어떤 숙녀가 거대한 마차를 몰고 와서 문 앞에 멈춰 섰다. 나는 눈에 띄지 않으려고 재빨리 머리를 뒤로 빼다 창문틀 날카로운 모서리에 머리 뒷부분을 심하게 부딪쳤다. 거의 까무러칠 정도였다. 두 번의 노크 소리가 정문에서 들렸다. 퍼굽 사장이라고 생각한 캐리는 급히 거실을 나와 그녀의 방이 있는 위층으로 올라갔다. 나도 그 뒤를 따랐다. 나는 프랜칭 씨라고 생각했다. 나는 난간 너머로 세라에게 "응접실로 모셔."라고 속삭였다. 세라는 덧문이 열리지 않아서 응접실에 곰팡이 냄새가 날 거라고 말했다. 다시 한 번 노크 소리가 크게 들렸다. 나는 "그러면 거실로 모셔. 금방 내려간다고 전해 주고."라고 속삭였다. 나는 코트로 갈아입었다. 캐리가 거울을 독차지하고 있어서 머리는 손질하지 못 했다.

세라가 올라와서 머레이 부인과 루핀이라고 말해 주었다.

안심이 되었다. 나는 캐리와 함께 아래층으로 내려갔다. 루핀이 나를 맞으며 "창문에서 왜 그렇게 도망치셨어요? 우릴 보고 놀라셨어요?"라고 말했다.

나는 바보같이 "창문? 그게 무슨 소리냐?"라고 말했다.

루핀이 "알잖아요. 마치 펀치와 주디가 등장하는 인형극[76] 같았어요."라고 말했다.

캐리가 먹을 것 좀 줄까 하고 묻자 루핀은 "아, 제 생각에 데이지는 차를 한잔 할 것 같아요. 저는 소다를 탄 브랜디 한 잔 주세요."라고 말했다.

나는 "소다가 없는데 어쩌지."라고 말했다.

루핀이 "그럼 신경 쓰지 마세요. 그냥 마차나 멈추고 말이나 잡고 계세요. 세라는 이 말을 이해하지 못할 거예요."라고 말했다.

그들은 아주 잠깐 머물렀다. 루핀이 떠나면서 "다음 주 수요일에 두 분 다 오셔서 식사나 같이 했으면 좋겠어요. 제가 사는 새집도 보시고. 머레이 포쉬 부부, 포쉬 양(머레이의 여동생)이 참석할 거예요. 여덟 시 정각이에요. 다른 사람은 데려오지 마세요."라고 말했다.

나는 상류층 사람인 체하지 말고 좀 더 일찍 저녁을 먹자고 했다. 집에 돌아오려면 늦을 테니까.

루핀이 "제기랄! 적응 좀 하세요. 그렇게 늦으면 데이지와 제가 집까지 모셔다드릴게요."라고 말했다.

우리는 가겠다고 약속했다. 하지만 정말 내 단순한 생각으로는, 포쉬 부인과 루핀이 서로를 부르는 그 익숙한 방식은 도덕적으로 비난받아 마땅하다. 누구라도 이들을 철없는 아이로 생각할 것이다. 6개월이나 알고 지낸 사람이 내 아내를 '캐리'라고 부르며 마차를 같이 타고 돌아다닌다면 나는 분명 그것에 반대할 것이다.

7월 4일. 루핀의 집은 아주 근사했다. 나는 저녁이 지나치게 성대하다고 생각했다. 특히, 루핀이 즉석에서 샴페인 따는 것으로 저녁을 시작했을 때 그렇게 생각했다. 나는 또 루핀과 머레이 포쉬 부부, 그리고 포쉬 양이 야회복을 완벽하게 갖춰 입을 거라고 루핀이 우리에게 말했을지도 모른다는 생각을 한다. 단지 여섯 명을 위한 저녁 식사였기 때문에 우리는 정장을 입는 자리로 생각하지 못 했다. 나는 입맛이 없었다. 여덟 시 20분이 지나서야 우리는 저녁 탁자에 앉았다. 여섯 시였다면 배불리 식사를 할 수 있었을 것이다. 배가 너무 고파서 여섯 시 경에 버터 바른 빵 몇 조각을 먹었는데, 그게 내 입맛을 망친 것 같다.

우리는 루핀이 평생 동안 알고 지낸 사이처럼 '소녀 릴리'라고 부르던 포쉬 양을 소개받았다. 키가 매우 컸던 포쉬 양은 다소 평범해 보였다. 그리고 나는 그녀가 눈가에 옅은 화장을 했다고 생각했다. 나는 내가 틀리기를 바라는데, 그녀는 멋진 금발에 눈썹은 검은색이었다. 대략 서른 정도로 보였다. 나는 그녀가 낄낄거리며 루핀을 손바닥으로 때리고 꼬집는 것이 마음에 들지 않았다. 그녀의 웃음소리는 내 귀를 파고드는 비명처럼 들렸다. 더욱 짜증났던 것은 웃을 거리도 아닌 것에 웃는 것이었다. 사실 캐리와 나는 그녀에게

| 소녀 릴리

호감을 느끼지 못했다. 식사 후 포쉬 양을 포함해서 그들 모두가 담배를 피웠다. 그런데 포쉬 양이 캐리에게 "담배 안 피우세요?"라고 말해서 그녀를 깜짝 놀라게 했다. 내가 캐리를 대신해서 "찰스 푸터 부인은 아직 그 정도는 아닙니다."라고 말하자 포쉬 양은 다시 한 번 귀가 찢어질 듯한 웃음을 터뜨렸다.

포쉬 부인은 못 해도 열두 곡의 노래를 불렀다. 전에도 말했지만 나는 그녀의 노래가 음이 맞지 않는다는 말만 반복할 뿐이다. 하지만 루핀은 피아노 옆에 앉아 줄곧 포쉬 부인의 눈을 응시했다. 내가 포쉬 씨였다면 그런 루핀에게 어떤 말이든 해 줬을 것이다. 포쉬 씨는 우리를 매우 친근하게 대했고, 결국에는 자신의 마차로 우리를 집까지 태워다 주었다. 정말 친절한 행동이라고 생각했다. 포쉬 부인이 몇 가지 훌륭한 보석을 걸친 것으로 보아 그는 상당한 부자가 분명하다. 포쉬 부인이 캐리에게 자신의 목걸이를 보여 주며 남편이 생일 선물로 준 건데, 개당 3백 파운드짜리라고 했다.

포쉬 씨는 루핀을 절대적으로 신뢰했고, 그가 곧 출세할 것으로 믿는다고 말했다.

나는 포쉬 씨가 루핀의 조언을 듣고 파라치카 클로라이츠에 투자해서 손해 본 6백 파운드를 생각하지 않을 수 없었다.

저녁 시간에 루핀과 얘기할 기회가 생겼다. 나는 포쉬 씨가 너무 사치스러운 생활을 하지 않았으면 좋겠다고 말했다.

루핀이 비웃으며 포쉬 씨는 재산이 엄청나다고 말했다. '포쉬의 균일가 모자'는 버밍햄, 맨체스터, 리버풀, 그리고 영국 전역의 큰 도시에 정평이 나 있었다. 루핀은 포쉬 씨가 뉴욕, 시드니, 멜버른에 지점을 낼 것이며 킴벌리, 요하네스버그와도 사업 협상 중이라는 추가 정보를 주었다.

나는 그런 정보를 들어서 기쁘다고 말했다.

루핀은 "참, 그는 데이지에게 1만 파운드가 넘는 재산을 나눠 줬고, 같은 양을 '소녀 릴리'에게도 줬어요. 제가 언제든 자금이 필요하면 포쉬 씨는 하루 안에 2~3천 파운드를 빌려줄 수 있고, 퍼굽 씨 회사 정도는 당장이라도 현금으로 매수할 수 있어요."라고 말했다.

나는 집으로 돌아오는 마차 안에서, 내 생애 처음으로, 돈이 공정하게 배분되지 않았다는 과격한 생각에 빠졌다.

열한 시 15분, 집에 도착했을 때 멋진 영업용 마차가 편지 한 통을 전하기 위해 두 시간째 나를 기다리고 있었다. 세라는 우리가 주소를 남기지 않아서 어떻게 해야 할지 몰랐다고 했다. 퍼굽 사장에 대한 안 좋은 소식은 아닐까 하는 두려움에 나는 떨리는 손으로 편지를 개봉했다. 편지에는 '푸터 씨, 당장 빅토리아 호텔로 와 주십시오. 중요한 일입니다. 친애하는 하드퍼 허틀로부터'라고 적혀 있었다.

나는 마부에게 너무 늦지는 않았는지 물어보았다. 마부는 늦지 않았다고 대답했다. 내가 외출하고 없으면 집으로 돌아올 때까지 기다렸다가 데려오라는 지시를 받았기 때문이라고 했다. 너무 피곤했던 나는 정말 잠자리에 들고 싶었다. 열한 시 45분 호텔에 도착했다. 내가 늦어서 미안하다는 사과를 하자 허틀 씨는 "천만에요. 와서 굴 좀 드셔 보세요."라고 말했다. 지금 이 글을 쓰면서도 내 심장이 마구 요동친다. 요약하자면, 허틀 씨는 우리 사업 쪽으로 큰일을 벌이고 싶어 하는 부자 미국인 친구가 한 명 있다고 했고, 프랜칭 씨가 그에게 내 이름을 알려 줬다고 말했다. 우리는 그 일에 대해 얘기했다. 일이 잘 풀린다면, 결과가 성공적이라면, 나는 크로우빌론 씨의 주문을 놓쳐서 입게 된 손해 이상을 내가 존경하는 사장에게 보상해 줄 수 있다. 허틀 씨는 그전에 "영광의 4일[77]은 미국인들에게 행운의 날입니다. 아직 자정을 넘지 않았으니 이곳에 있는 최고의 와인으로 축하를 하고, 우리 사업에 행운이 따르길 기원하며 잔을 듭시다."라고 말했었다.

나는 우리 모두에게 행운이 찾아오길 열렬히 희망한다.

집으로 돌아왔을 때는 새벽 두 시였다. 너무 피곤했지만 잠깐 존 것 말고 잠을 잘 수가 없었다. 그리고 꿈을 꾸었다.

퍼굽 사장과 허틀 씨의 꿈을 계속해서 꿨다. 허틀 씨는 왕관을 쓰고 멋진 궁전에 있었다. 퍼굽 사장은 방 안에서 기다리고 있었다. 허틀 씨는 연거푸 왕관을 벗어 내게 건네주며 나를 '대통령'이라고 불렀다.

　그는 퍼굽 사장의 존재를 알아차리지 못한 것 같았다. 나는 계속해서 허틀 씨에게 나의 훌륭한 주인님께 그 왕관을 주라고 요청했다. 허틀 씨는 "아닙니다. 여긴 백악관입니다. 반드시 이 왕관을 쓰셔야 합니다. 대통령 각하."라는 말을 반복했다.

　목이 말라서 잠에서 깰 때까지 우리 모두는 오래도록 크게 웃었다. 다시 잠에 빠진 나는 똑같은 꿈을 꾸고 또 꿨다.

마지막

내 인생에서 가장 행복한 날이다.

7월 10일. 흥분과 불안으로 보낸 지난 며칠 사이 머리카락이 거의 백발로 변해 버렸다. 결정의 날이 다가온다. 내일이면 주사위가 던져질 것이다. 지난밤 루핀이 포쉬 부인과 함께 마차를 몰고 우리 집을 다시 방문했다. 그 때문에 나는 루핀에게 포쉬 부인에 대한 그의 관심에 대해 긴 편지—그렇게 하는 것이 내 의무라고 느껴서—를 썼다.

7월 11일. 오늘 아침 퍼굽 사장과 나눈 면담 내용을 펼쳐보고 있자니 내 눈에 눈물이 가득 고인다. 퍼굽 사장이 나에게 "나의 충실한 부하여, 자네가 우리 회사를 위해 이룬 그

위대한 업적을 그냥 두고 볼 수만은 없네. 자네에게 아무리 감사해도 충분하지 않을 걸세. 주제를 바꾸지. 자네, 집은 마음에 들고 그곳에서 사는 것이 행복한가?"라고 말했다.

나는 "네, 사장님. 저는 저희 집을 사랑하고, 이웃들도 사랑합니다. 그 집을 떠나지는 못할 겁니다."라고 말했다.

놀랍게도 퍼굽 사장은 "푸터 씨, 내가 그 집의 소유권을 사겠네. 그리고 그것을 내가 지금껏 살면서 만난 사람 중에 가장 정직하고 가장 훌륭한 사람에게 선사하겠네."라고 말했다.

그가 악수를 하며, 나와 내 아내가 그 집에서 오래도록 행복하게 살았으면 좋겠다고 말했다. 가슴이 너무 벅차서 감사하다는 말도 나오지 않았다. 어색해하는 나를 보며 나의 좋은 친구는 "아무 말 말게나, 푸터 씨."라고 말하고 사무실을 나갔다.

나는 캐리, 고잉, 커밍스에게 전보(전에 한 번도 한 적 없는)를 보냈다. 두 친구에게는 저녁을 같이하자고 청했다.

집에 도착했더니 캐리가 기뻐서 울고 있었다. 나는 세라를 식료품점에 보내 '잭슨 프레르' 두 병을 사 오라고 했다.

저녁에 사랑하는 두 명의 친구가 집에 들렀고, 마지막 우편물 배달 시간에 루핀으로부터 내 편지에 대한 답장을 받았다. 나는 큰 소리로 편지를 읽었다. 편지에는 '사랑하는 나의 주인장. 진정하세요. 또 잘못 알고 계시네요. 전 '소녀 릴리'와 결혼하기로 했어요. 지난주 목요일에는 최종적으로 결정된 일이 아니라서 말씀 못 드렸어요. 8월에 결혼합니다. 우리의 초대 손님 중에 아버지의 오랜 친구 고잉 씨와 커밍스 씨도 볼 수 있기를 바랍니다. 여러분 모두 정말 사랑합니다. 변치 않는 루핀으로부터'라고 적혀 있었다.

1) 긁어내는 기구. 여기서는 신발에 묻은 흙을 긁어내는 도구.

2) 런던 북부 교외.

3) 런던 금융가.

4) 랭커셔 남부의 산업도시.

5) Scrape는 명사로 '긁기, 긁힌 찰과상, 곤경'의 뜻으로 쓰이고 Get Into A Scrape
는 '곤경에 빠지다'는 의미이다. 여기서 주인공은 언어적 유희(Scraper-Scrape
의 연결)를 통해 썰렁한 농담을 하면서 자기는 농담 같은 것은 별로 즐기지 않는
사람이라고 능청을 떨고 있다.

6) 당시 기독교인은 안식일을 철저하게 지켰던 것 같다. 부목사의 바지 단이 찢어
졌지만 노동을 하면 안 되는 일요일이라 제대로 수선하지 못한다. 하지만 저녁
예배를 보러 갈 때 부목사의 바지가 수선되어 있는 것을 캐리가 알아차리는데,
종교적으로 약간 비꼬는 듯하다.

7) 영어권에서는 속이 안 좋을 때 얼굴빛이 녹색으로 변했다고 표현한다. 그래서
'녹색 Green'에는 '사람이나 피부가 (곧 토할 듯이) 핼쑥한'이란 사전적 의미가
있다. 주인공은 담배 이름의 녹색을 자신의 상태와 연결해 재미있게 표현했다.

8) 특히 꽃무늬가 날염된 광택이 나는 면직물.

9) 런던의 교외.

10) 런던의 행정구역. 문인, 화가들의 고급 주택지.

11) 런던 북부의 주택 구역.

12) 영국에서는 3마일 이상 걸어온 사람에게 술을 대접하는 풍습이 있다.

13) 화이트와인.

14) 오후 늦게 또는 이른 저녁에 요리한 음식이나 빵, 버터, 케이크를 보통 차와 함
께 먹는 것.

15) 넥타이를 대신해서 턱을 아래로 내리고 있는 주인공의 모습을 가리킨 말이다.

16) 네 명이 하는 트럼프 게임의 하나. 사람 수가 모자랄 겨우 공석, 즉 더미Dummy
를 만든다.

17) 멍청이.

18) 새까맣고 단단한 나무.

19) Jean Paul, Mara. 1743년~1793년. 프랑스의 정치가, 저널리스트. 프랑스 대혁명의 지도자. 목욕하던 중 Charlotte Corday d'Armont에게 칼을 맞아 죽었다.

20) 북미토인.

21) 프리메이슨의 회원이나 그런 분파들의 모임 장소.

22) 법학사.

23) 자기 임의로 할 수 있는 것과 할 수 없는 것을 혼동하는 것.

24) William Ewart Gladstone. 1809년~1898년. 영국의 정치가. 자유당 당수를 지냈고, 수상 직을 네 차례 역임했다. 윈스턴 처칠과 함께 가장 위대한 영국의 수상으로 손꼽힌다.

25) 왕 거지.

26) 여러 사람들이 각자 음식을 조금씩 가져와서 나눠 먹는 식사.

27) The Blues, 우울.

28) 영국 남동부 해안의 작은 마을.

29) 전통적으로 선원들이 추는 춤.

30) 블라우스의 일종.

31) Serge, 짜임이 튼튼한 모직물.

32) 빳빳한 테두리에 춤이 낮고 딱딱한 밀짚모자.

33) 여행·캠프용 주거 기능을 가진 자동차 잡지.

34) 아기들이나 옛날 여자들이 썼던 턱 밑으로 끈을 묶는 모자.

35) 우유에 과일 향을 넣고 젤리처럼 만들어 차게 먹는 푸딩 디저트의 일종.

36) 우유, 설탕, 계란, 밀가루를 섞어 만든 것으로 보통 익힌 과일이나 푸딩 등에 얹어 따뜻할 때 먹는 소스.

37) 의자의 등받이나 팔걸이에 씌우는 장식이 달린 덮개.

38) 유럽 농부들의 주름 장식이 있는 옷.

39) 야회복으로 입었을 때 윗도리의 모습이 제비 꼬리를 닮아서 영어로 제비 꼬리 옷Swallow-Tails이라고 한다.

40) 액체를 뽑아 먹는 관.

41) 우유에 과일 향을 넣고 젤리처럼 만들어 차게 먹는 디저트의 일종.

42) Side Dishes. 샐러드와 같이 주 요리에 곁들이는 요리.

43) 전략 게임의 일종으로 보통 술집에서 지는 사람이 술을 사는 게임.

44) 데임 엘런 테리. 1847년~1928년. 영국의 연극 여 배우로 셰익스피어 작품의 주연 배우.

45) 셰익스피어 《꼽추 리차드 3세》의 주인공.

46) 존 애벌린. 1620년~1706년. 영국의 작가, 정원사, 일기작가.

47) 사무엘 페프스. 1633년~1703년. 영국 해군 행정관 및 의회 의원.

48) 크리스마스에 장식용으로 걸어 두는 겨우살이. 그 아래에서 키스를 하는 전통이 있다.

49) 런던 타운의 고급 쇼핑가.

50) 옛날 사람들은 아름다운 음색과 균형 잡힌 모양의 바이올린을 사람의 외모나 기분에 비유했다. 로더 아케이더 바이올린은 이곳에서 파는 고가의 악기이다. 또 스트라디바리우스는 이탈리아 사람으로 최고의 바이올린 및 현악기 제작자였다.

51) Chalk pits. 분필 재료인 백색 연 토질 석회암을 캐내는 갱도.

52) 항행 원격 조종용 무선 시설의 하나. 독일에서 개발한 고정 다중 코스형의 항공기나 선박 따위의 항행 원조 시설을 영국에서 개량한 것이다.

53) 진부한 농담의 대명사. 조셉 밀러Joseph Miller. 1684년~1738년. 영국의 배우로 그가 사망 후 존 모틀리가 그의 농담을 묶어 《밀러 씨의 농담집Miller's Jests》을 출간했다.

54) 화학 혼합물, 특히 칼륨 연소산염. 기본적인 산소의 원료로 흔히 폭발물에 쓰인다.

55) 노래와 춤을 섞은 대중적인 희가극. 19세기 후반에서 20세기 초에 유행.

56) 촉 끝에 핀이 나와 있어 쓸 때에 이것이 밀려들어가 잉크가 나옴

57) 간장, 식초, 향료 따위를 원료로 하는 소스.

58) 프랑스 보르도 산 레드와인.

59) 고대 그리스나 로마인들이 입던, 소매가 없고 무릎까지 내려오는 헐렁한 윗옷.

60) 벽난로 위 선반.

61) 루핀.

62) 흔히 양치기 개로 많이 쓰이는 종류.

63) 목이 길고 몸통이 둥근 현악기.

64) 위로하는 체하면서 오히려 괴로움을 주는 사람.

65) 주문한 음식의 목록을 적어 둔 계산서.

66) 영국의 기사로 증기 기관차를 발명한 사람.

67) 영국에서 1파인트는 0.568리터, 다른 나라는 0.473리터이다.

68) 특히, 대형 건물 입구에 기둥을 받쳐 만든 현관 지붕.

69) 영국인.

70) 영국 웨스트민스터 시내의 지역.

71) 마데이라 섬에서 생산되는 화이트와인.

72) 산 사람들이 죽은 이의 혼령과 교류를 하는 모임.

73) 특히, 항해 할 때 쓰는 정밀 시계.

74) 일반적인 현상을 넘어선 초월적인 현상이나 숨겨진 힘 따위를 추구하거나 연구하는 일.

75) 강령술에서 몇 사람이 손을 대면 신령의 힘으로 테이블이 저절로 움직이는 것.

76) 줄에 매단 인형을 이용하여 아내 주디와 늘 싸우는 펀치의 이야기를 들려주는 영국의 전통 인형극.

77) 미국의 독립 기념일, 7월 4일.